LAMPIÃO

RACHEL DE QUEIROZ

LAMPIÃO

DRAMA
EM CINCO QUADROS

1ª edição

José Olympio

Rio de Janeiro, 2024

eiroz, 1953

1, 1953

zar os fotógrafos das imagens e os autores dos
compromete-se a dar os devidos créditos em
conheçam e possam provar sua autoria. Nossa
ico e musical, de maneira a ilustrar as ideias
violar direitos de terceiros.

GAÇÃO NA PUBLICAÇÃO
OS EDITORES DE LIVROS, RJ

2003
ueiroz. - 1. ed. - Rio de Janeiro :

38-7

ítulo.

CDD: 869.3
CDU: 82-3(81)

Bibliotecária - CRB-7/6439

áfico da Língua Portuguesa de 1990

produção, o armazenamento ou a transmissão
r meios, sem prévia autorização por escrito.

istóvão

PERSONAGENS

MARIA DÉA, que é depois MARIA BONITA

O sapateiro LAURO

LAMPIÃO

ANTÔNIO FERREIRA

PONTO-FINO (Ezequiel) } irmão de Lampião

MODERNO (Virgínio), cunhado de Lampião

SABINO GOMES

CORISCO (Cristino)

VOLTA-SECA

PAI-VELHO

ZÉ BAIANO

AZULÃO

PERNAMBUCO

ARVOREDO

O CAPANGUEIRO

O VENDEDOR DE SEGUROS

OS 4 CABRAS DE CORISCO

O TENENTE

OS DOIS SOLDADOS

ALGUNS CANGACEIROS

PRIMEIRO QUADRO

A casa do sapateiro, em ponta de arruado, numa vila à margem do São Francisco. No canto à direita, a parede de frente da casa de taipa, na qual se apoia o telhado do alpendre. Pela porta aberta vê-se um ângulo da sala, onde está armada uma rede de criança, alta, vazia.

No alpendre, à direita da porta, a banca do sapateiro, carregada dos utensílios do ofício. Ao pé da banca, um tamborete de couro cru. Pedaços de sola pelo chão, sapatos para consertar, jogados a granel junto à banca. Correias e tiras de couro pendem da parede, em tornos de madeira.

À esquerda da porta, ainda no alpendre, a almofada de renda da dona da casa, erguida num pequeno cavalete, tem também um tamborete ao lado.

O cenário do fundo é o mais simplificado possível. Basta que sugira o arruado, a vila sertaneja, o caminho que traz à porta do sapateiro.

Sol forte. Sombra só no alpendre.

O sapateiro Lauro está só sentado à sua banca, batendo pregos na sola de uma chinela. Tem uns trinta anos, é caboclo claro, quase branco. Veste calça de zuarte escuro, camisa de riscadinho, mangas arregaçadas. Como a maioria dos sertanejos, não usa sapatos, mas alpargatas de couro, trabalhadas com bordados e ilhoses.

Entra Maria Déa, quase correndo, com um pau na mão. À ponta do pau pende uma cobra morta.

Maria Déa é jovem — vai pelos vinte e dois anos, cabocla muito bonita. (Foi célebre a sua beleza.) Não é alta, tem os cabelos lisos pelos ombros, usa vestido de chita estampadinha, mangas curtas. No momento calça tamancos.

MARIA DÉA *(alvoroçada, quase gritando.)*

— Lauro, Lauro, diz que o bando de Lampião apontou na estrada! Teve gente que até enxergou o sol batendo no cano dos rifles!

LAURO *(para de trabalhar, levanta-se, inquieto.)*

— Conversa! Desde ontem que estão dizendo isso!

MARIA DÉA

— Desta vez é verdade.

LAURO

— Esse pessoal tem a mania de assustar a gente, à toa! Vai-se ver, sempre é mentira.

MARIA DÉA

— Mas teve um homem que até viu...

LAURO *(torna a sentar-se.)*

— Qual, a toda hora estão vendo, escutando tiro... Onde é que você deixou as crianças?

MARIA DÉA

— Ficaram na cacimba, com a avó, esperando a roupa quarar. E eu vinha lhe mostrar esta cobra, quando encontrei o homem que disse...

LAURO *(interrompe, aponta a cobra.)*

— Onde é que você arranjou esse bicho?

MARIA DÉA

— Fui eu que matei. Estava junto da cacimba grande, toda enrolada, querendo dar o bote.

LAURO

— E pra que trouxe isso aqui, criatura? Por que não deixou lá mesmo? Cobra morta, dentro de casa, fica chamando a companheira viva. Daqui a pouco a outra cascavel aparece!

MARIA DÉA *(brinca, fingindo que vai jogar a cobra em cima do marido.)*

— Você está é com medo! Medroso!

LAURO

— Afasta essa cobra, Maria! Parece louca!

MARIA DÉA

— Quero arrancar os maracás. Olhe, tem cinco! É uma cascavel criada! Ande, corte com o seu quicé.

[*Segura a cobra pelo rabo e aproxima-se do marido.*]

LAURO *(recuando, enojado.)*

— Já te disse que afaste essa cobra, Maria! Não tiro maracá nenhum! Ora já se viu? Pra que eu quero maracá de cobra?

MARIA DÉA *(insistente.)*

— Que é que lhe custa? Ande, corte!

LAURO

— Tire você. Não matou? Eu é que não pego nisso. Me repugna só de olhar.

MARIA DÉA

— Você devia era ter vergonha. Nem parece homem — sei lá o que parece! Tem medo de tudo, até de uma cobra morta. Se te repugna agora, que dirá quando viva!

[*Olha-o com nojo, abanando a cabeça.*]

— Pois eu, que sou mulher, tive medo, mas matei. Quando vi aquela rodilha na beira da cacimba, joguei nela o pote d'água. Se espatifou todo, mas atordoou a cascavel. E acabei de matar com uma pedra. Olhe a cabeça como está esfarelada!

[*Torna a aproximar dele a cobra.*]

LAURO *(quase aos gritos.)*

— Mas sai daí com essa cobra, mulher! Já não pedi? Não sabe que eu tenho horror desse bicho?

MARIA DÉA

— Você tem horror de tudo, não é só de cobra. Bastou eu lhe chegar a cobra perto, está branco, tão branco! Se agora levasse uma navalhada, não pingava uma gota de sangue, que não tinha. Você não é homem, Lauro.

LAURO

— Não lhe dou uma resposta porque não respondo a doido. E você é louca, louca varrida. Me deixe em paz, vá buscar os seus filhos. Ou então sossegue, sente na sua almofada, cuide da sua renda.

MARIA DÉA *(ainda com o pau na mão, equilibrando a cobra, fala devagar, com uma espécie de nojo na voz.)*

— Por que não é você mesmo que vai fazer a minha renda? Era trabalho que lhe servia. [*Caminha até à beira do terreiro, joga fora a cobra, mas fica com o pau na mão.*]

— Mas não adianta insultar, que você não reage. Nem ao menos sai dessa mansidão. Deus que me perdoe, parece que tem medo até de mim!

LAURO

— Cala a boca, Maria.

MARIA DÉA

— Você não monta a cavalo, não enfia uma faca na cintura, não bota cachaça na boca, nunca deu um tiro na sua vida, não é capaz de fazer a menor estripulia, como qualquer outro homem! Vive aí, nessa banca, remendando sapato velho, ganhando um vintém miserável, trabalhando sentado feito mulher...

LAURO

— Graças a Deus não nasci pra bandido. Se você queria um desordeiro, por que, em vez de casar comigo, não procurou um cabra de Lampião?

MARIA DÉA

— E você sabe o que eu fiz e o que eu não fiz? Sabe se eu procurei — ou se ainda estou procurando?

LAURO

— Pois nunca é tarde. E se ele vem mesmo aí, como estão dizendo...

MARIA DÉA

— Bate na boca, Lauro. Olha que, se Lampião me quisesse, eu ia-me embora junto com o bando dele. Saía sem olhar pra trás. Já estou cansada de dizer.

[*Joga fora o pau, num gesto irritado.*]

LAURO

— A mim nunca disse!

MARIA DÉA

— Disse. Mas você pensava que era brincadeira.

LAURO

— Se eu fosse escutar tudo que você abre a boca pra dizer...

MARIA DÉA

— Pois agora escute bem, pra não ficar enganado. Eu outro dia falei com o meninote que veio trazer o bilhete de Lampião para o delegado.

LAURO *(levantando-se, assombrado.)*

— Maria, você andou de conversa com um cabra de Lampião?

MARIA DÉA

— Não era homem: era um menino. Mas falei, mandei um recado.

LAURO

— Mentira!

MARIA DÉA

— Por Deus do céu que mandei. Assim mesmo: "Menino, diga lá ao seu capitão que, se ele quiser vir me buscar, eu sigo no bando e ganho o mundo com eles. Me chamo Maria Déa e sou mulher do sapateiro."

LAURO

— Maria, você andou bebendo?

[Ouvem-se tiros espaçados, ao longe.]

MARIA DÉA

— Está ouvindo agora? Não duvide mais que são eles.

[Os dois ficam escutando, um instante.]

MARIA DÉA

— São eles, são eles! Até já se escuta o tropel dos cavalos!

LAURO *(continua, um momento ainda, atento, apavorado; de repente, torna a si e agarra a mulher pelo braço.)*

— Maria, Maria, pelo amor de Deus, que é que você

quer fazer da nossa vida? Como é que brinca com uma coisa dessas? Mandar semelhante recado para aquele bandido medonho, que pior não pode haver até o dia do Anticristo?

[*Sacode-a com mais força.*]

— Você não mandou, não é possível! Não disse uma coisa dessas!

MARIA DÉA *(libertando-se.)*

— Não se engane, Lauro, que eu disse.

[*Pausa.*]

— Disse e faço. Sou capaz de ganhar o mundo com eles, tal e qual a mulher de Antônio Silvino.

LAURO

— Não compare aquele desgraçado com Antônio Silvino!

MARIA DÉA

— Todos dois são cangaceiros.

LAURO

— Não, Silvino era bom, nunca fez perversidade à toa; e tirava dos ricos para dar aos pobres. Mas Lampião é um assassino miserável, bebedor de sangue inocente.

MARIA DÉA

— Hoje é que se diz isso.

LAURO

— Toda a vida se soube: Antônio Silvino foi ser cangaceiro por desgraças da vida. Lampião entrou no cangaço porque só dava pra isso, que era ladrão e criminoso de nascença. Mas há de ter mau fim, tão certo como tem Deus no céu.

MARIA DÉA

— Não rogue praga a quem você não conhece, Lauro. Demais, tudo que você está dizendo é mentira. Lampião viveu em paz até à idade de 16 anos, e só entrou no cangaço porque os bandidos da polícia mataram o pai dele. Que é que um homem pode fazer, senão se vingar?

[*Escuta.*]

— Os tiros pararam...

LAURO *(escutando também.)*

— É. Pararam.

MARIA DÉA

— Quer dizer que eles já estão dentro da rua.

LAURO

— Muita vez já largaram os rifles e estão sangrando o povo a ferro frio...

[*Voltando ao assunto interrompido, exaltadíssimo, com pavor crescente.*]

— Não, o caso de Lampião não foi como você está dizendo. Ele começou matando um vizinho, por causa de uma cabra que lhe comeu o roçado. Pelo malfeito dum bicho bruto, tirar a vida dum cristão... Assim foi que começaram, os três irmãos, o pai, e ele.

LAMPIÃO

MARIA DÉA

— Você só sabe é falar. Então por que não vai perseguir cangaceiro? Por que não senta praça na polícia pra sair caçando Lampião?

LAURO

— Cala a boca. Serei governo pra perseguir bandido?

MARIA DÉA

— O pior de você é essa moleza, essa falta de ação. Podia ser de uma parte ou de outra, que eu não me importava. Ora, até na polícia tem homem. Mas você tem medo dos dois.

[*Pausa.*]

— Tem hora em que até me parece que não sou casada com um homem — que sou casada é com outra mulher que nem eu.

LAURO *(sem a escutar, apurando o ouvido.)*

— Desta vez parece que o tropel dos cavalos começou de novo...

MARIA DÉA *(escutando também.)*

— É... Capaz de serem eles, indo embora...

LAURO *(triunfante.)*

— E cadê o teu recado? Será possível que o menino não desse? Ou ele não ligou... Havia de acreditar nos disparates de uma doida, desesperada, sem sentimento na cara... Lampião pode ser bandido, mas todo o mundo diz que ele respeita sacramento..

[*Quando o sapateiro está a terminar a frase, vai-se aproximando da casa o grupo dos cangaceiros, com Lam-*

pião ao centro. São eles: Sabino, Antônio Ferreira, Ponto-Fino (Ezequiel), Moderno, Corisco, Volta-Seca, Pai-Velho, Zé Baiano, Azulão, Pernambuco e Arvoredo. Antônio Ferreira e Ponto-Fino são irmãos do chefe. O primeiro é um moço baixo, calado, muito apegado a Lampião, que o distingue especialmente. Ponto-Fino é mais alto, magro, nervoso, insolente, vaidoso e ágil como um gato; quase um menino, mas já famoso pela pontaria mortal. Corisco, ou Diabo-Louro (Cristino), é grande, bonito, resto de raça holandesa visível no cabelo claro, nos olhos azuis, nos traços finos. Sabino é homem de 40 anos, cara torva, olho mau. Zé Baiano é crioulo grosso, de ar feroz. Pai-Velho, 70 anos, encorreado, magro e curvo. Volta-Seca, meninote entre 15 e 16 anos, entroncado, escuro, armado até os dentes, segue Lampião como um cachorro.

Lampião — Há divergências sobre a sua estatura; a lenda conta que ele era alto; Leonardo Motta diz que era de estatura meã. Pelas fotografias, vê-se que é bem mais alto que o comum dos sertanejos. Tipo ascético, é sóbrio, taciturno, ciente da sua força. Usa óculos; cabelos grandes — é esse um traço característico de todos os seus companheiros também. Roupa de zuarte ou cáqui, culotes, perneiras. O grande chapéu de couro, quebrado à testa, enfeitado barbaramente com três estrelas de ouro; moedas de ouro sob as estrelas, na aba do chapéu, e na testeira bem visível; no barbicacho longo que lhe cai pelo peito, há enfiados anéis lisos de ouro e prata, e anéis com pedras. A faca que traz à cintura tem mais de meio metro; o cabo é de ouro. O peito é cruzado por cartucheiras enfeitadas de medalhas. Carrega um rifle com a bandoleira também enfeitada de escudos e medalhas preciosas. Usa ainda a tiracolo um jogo de embornais bordados. Pistola à cinta. Calça alpargatas de tipo sertanejo, bordadas e com ilhoses.

Os demais cangaceiros copiam os trajos e armamento do chefe, com riqueza proporcional. Antônio Ferreira é o único que veste quase à paisana: chapéu de feltro, poucas joias.

Os bandidos se chegam de manso e cercam a casa. Lampião, acompanhado de Antônio Ferreira e Volta-Seca, sobe ao alpendre.]

LAURO *(levanta os olhos, vê os cabras.)*

— Meu Jesus, misericórdia!

VOLTA-SECA *(aproximando-se de Maria Déa.)*

— Dona, a senhora se lembra de mim? Do recado que me deu?

MARIA DÉA *(baixa a cabeça, numa afirmativa.)*

— Me lembro.

VOLTA-SECA

— Pois o capitão veio lhe trazer a resposta.

[Volta-se para Lampião.]

— Não foi, meu padrinho?

LAMPIÃO *(adianta-se um passo, encara Maria Déa. Tira lentamente o chapéu.)*

— Recebi suas palavras. É verdade?

[Maria Déa baixa a cabeça, afirmativamente, intimidada demais para falar.]

LAMPIÃO

— Então a senhora era capaz de ganhar o mundo com a gente, bastava só Lampião querer?

MARIA DÉA *(levanta a cabeça e o encara.)*

— É.

LAMPIÃO

— Pois está aqui Lampião. Vim buscar a senhora.

LAURO *(que ouviu esse diálogo, trêmulo, com ar apavorado, atira-se bruscamente para a frente, procurando segurar o braço de Lampião; Volta-Seca o afasta com rudeza. O chefe nem o olha.)*

— Não acredite nessa conversa de recado, capitão! É mentira de quem lhe disse! Não vê que essa mulher é casada, tem marido, tem filhos! Mãe de dois filhos pequenos! Não acredite, capitão, que ela é doida!

LAMPIÃO *(sem tirar os olhos de Maria Déa.)*

— Já disse que vim lhe buscar.

LAURO *(tentando novamente segurar o braço de Lampião.)*

— Pelo amor de Deus, não faça uma coisa dessas, capitão! Pelas chagas de Nosso Senhor Jesus Cristo! Eu me casei com ela, capitão! Temos dois filhinhos, é um casal — um menino e uma menina! Pergunte a ela! Há de deixar os inocentes sem mãe?

LAMPIÃO *(para Lauro.)*

— A vontade é dela.

[*Para Maria Déa.*]

— Seu nome é Maria?

LAURO *(antecipando-se à mulher.)*

— Maria Déa, sua criada, capitão! Maria Déa de Souza, minha mulher legítima, mãe de dois inocentes que não podem ficar abandonados!

LAMPIÃO *(para Maria Déa.)*

— Pois Maria, se é do seu agrado, vamos embora...

LAMPIÃO

LAURO

— Capitão Virgulino, pela alma de sua mãe e de seu pai, não me faça isso! Pela santa cabeça do meu Padrinho Padre Cícero...

LAMPIÃO *(rispidamente.)*

— Não meta o nome do meu Padrinho nas suas choradeiras.

LAURO

— Eu sei, capitão, eu sei! Ai, me desculpe, capitão! Se o senhor quiser, eu me ajoelho nos seus pés, beijo as suas apragatas...

LAMPIÃO *(com nojo.)*

— Não se ajoelhe nos pés de outro homem, criatura. Serei santo, por acaso? E não me peça nada, que a vontade é dela. Eu, se vim aqui, foi porque ela me chamou.

LAURO

— Mas eu já não disse ao senhor que ela é doida, capitão? O senhor veja, não falo por mim... E por causa dos dois bichinhos, coitados dos meus filhos... Estão lá na cacimba com a avó...

VOLTA-SECA *(aproxima-se do sapateiro, põe-lhe uma das mãos no ombro, leva a outra ao cós da calça, onde traz a faca.)*

— Largue dessa gritaria, homem!

LAURÓ

— Moço, você também não vê que nem Deus do céu...

volta-seca *(interrompe-o, mais ameaçador; os demais cabras contemplam a cena, divertidos.)*

— Largue de gritaria, já lhe disse!

[*Enquanto o sapateiro e Volta-Seca discutem, Lampião aproxima-se de Maria Déa, que se encostou rigidamente à parede, de olhos baixos. Ele, devagarinho, percorre-a toda com a vista, dos pés até o rosto. Quando o seu olhar se detém na face da moça, Maria Déa levanta a cabeça, lentamente, e sorri.*]

LAMPIÃO

— Pois, Maria, ali na rua já tem um cavalo selado, esperando por você.

[*Maria Déa faz sinal de assentimento com a cabeça.*]

LAMPIÃO *(para Volta-Seca.)*

— Antônio!

volta-seca *(larga rapidamente o braço de Lauro, volta-se para o chefe.)*

— Senhor?

LAMPIÃO

— Vá buscar aquela trouxa.

[*Para Maria Déa.*]

— Eu já tomei informação da senhora. Soube da sua vida — até o nome de seu pai e de sua mãe... E...

[*Vira-se para Lauro.*]

— ... dele...

LAURO *(juntando as mãos.)*

— De mim? Eu? Eu nunca fiz mal a ninguém!

LAMPIÃO *(sempre sem o ouvir, falando só com ela.)*

— E depois de saber tudo, resolvi chegar até aqui, pra lhe levar.

[*Faz uma pausa, sorri.*]

— E parece até que adivinhei. Não vê que esta noite, na viagem para cá, topamos com uma festa de casamento. A noiva com a cara toda pintada, cabelo curto, pescoço raspado... Zé Baiano foi logo achando ruim... Zé Baiano não gosta dessa moda...

[*Volta os olhos para o negro, que sorri, vaidoso; o próprio Lampião dá a sua risadinha curta, característica — "risada de cobra", dizia o povo do sertão.*]

LAMPIÃO

— ... e muito menos gosto eu. Noiva sem respeito, não é, Zé Baiano?

ZÉ BAIANO

— Noiva sem respeito, capitão!

LAMPIÃO

— Então mandei tirar dela todo o trajo de noiva, com cuidado, pra não rasgar. Como eu disse, tinha uma tenção comigo... Veio tudo, até a saia branca.

PONTO-FINO *(rindo.)*

— O mano ficou com a roupa e nós fomos vadiar com a noiva...

ZÉ BAIANO *(rindo também, mexe num ferro de marcar que traz à cintura.)*

— Depois de ferrada com a minha marca...

CORISCO

— E o noivo ficou tão apaixonado que tivemos de amarrar ele num esteio...

[*Todos os cangaceiros riem, inclusive Lampião. Volta-Seca aparece com uma trouxa de roupa que Lampião, com um gesto, manda pôr sobre a mesa do sapateiro. O menino desata os nós da trouxa e Lampião vai lhe retirando o conteúdo e, de uma em uma, depõe as peças nos braços de Maria Déa, que praticamente ainda não se moveu, até agora. Dá-lhe o vestido branco, a combinação de renda, os sapatos, o véu, a grinalda.*]

LAMPIÃO *(continuando a falar como se estivessem a sós, ele e Maria Déa.)*

—· Entre ali e mude a roupa.

MARIA DÉA

— Vou primeiro arrumar as minhas coisas.

LAMPIÃO

— Não senhora, não arrume nada. Mulher de Lampião só usa o que Lampião lhe dá. Vá mudar o vestido, ande.

[*Maria Déa entra em casa, com a roupa nos braços.*]

LAURO *(num grito.)*

— Maria, olha o que tu estás fazendo! Maria, tem Deus no céu! Olha o castigo!

[*Quer entrar na sala atrás dela; Volta-Seca porém o segura, fá-lo sentar-se no tamborete. O sapateiro põe-se então a chorar, com a cabeça entre as mãos.*]

VOLTA-SECA *(a Lampião.)*

— Que é que se faz com ele, meu Padrinho?

LAMPIÃO

— Por ora, nada.

LAURO *(chorando.)*

— Capitão Virgulino, só lhe peço que pense nos dois inocentes... nos dois filhinhos inocentes dessa infeliz...

LAMPIÃO

— Quando ela chegou na sua casa era moça donzela, não? Trouxe filho?

[*Lauro abana a cabeça, negativamente.*]

LAMPIÃO

— Não trouxe filho nenhum... Pois então vai sair daqui como chegou: sozinha!

[*Ligeira pausa; o sapateiro continua sentado, chorando, o rosto escondido entre as mãos. Lampião, de braços cruzados ao peito, espera. Os outros cangaceiros se mantêm imóveis. Volta-Seca tem a mão no ombro de Lauro. Entra afinal Maria Déa, usando o vestido branco, com o véu e a grinalda nas mãos. Lampião toma do véu e o atira sobre a cabeça da mulher.*]

LAMPIÃO

— Sai vestida de noiva, como veio!

[*Para Maria Déa.*]

— Me dê a sua mão, Maria.

[*Apanha-lhe a mão esquerda, arranca a aliança de casamento que está nela, atira-a longe. Do próprio anular retira um anel com pedra grande, enfia-o no dedo de Maria Déa.*]

— Agora, o seu anel é este.

[*A aliança rolou até os pés de Lauro. O sapateiro descobre um momento o rosto e, sem poder falar, de medo, assiste à troca dos anéis realizada por Lampião. Depois baixa a vista e descobre a aliança desprezada, quase a seus pés. Livra-se da mão de Volta-Seca, que ainda o segura, e apanha a joia. Mas Volta-Seca, rápido, pisa brutalmente a mão com que Lauro cobriu o anel. Lampião, segurando ainda a mão da rapariga, dá as costas ao sapateiro, durante essa cena, e encaminha-se à saída.*]

LAURO (*puxa a mão magoada, leva-a à boca, grita ainda.*)

— Maria! Maria! Será possível que você tenha coração de fazer isso?

MARIA DÉA (*quase a sair, volta-se para o marido.*)

— Foi sina, Lauro. Adeus.

LAMPIÃO (*com um gesto breve, para os homens.*)

— Vamos chegando, que é tarde.

[*Saem todos, Lampião e Maria Déa de mãos dadas, os cabras cerrando marcha em torno deles. Caminham num passo leve de andarilhos; só se escuta o tilintar das armas. O sapateiro continua meio ajoelhado, uma das mãos à boca, a outra segurando a aliança.*]

PANO

SEGUNDO QUADRO

CENA I

Acampamento provisório na caatinga, debaixo de um juazeiro grande. A trempe de pedra, o fogo aceso, a panela fervendo. Encostados ao tronco de árvore, alguns arreios. Duas selas servem de assentos. Cobertores pendurados nos galhos. Dois fuzis, bem visíveis (os cabras de Lampião conservam consigo as cartucheiras e as armas pequenas até quando vão dormir). Estão presentes Corisco, Ponto-Fino, Pai-Velho. Junto ao tronco, as costas apoiadas aos montes de arreios, com as mãos amarradas, veem-se dois homens com trajo de cidade: um de terno escuro, outro com roupa amarrotada de brim.

Corisco atiça o fogo enquanto Pai-Velho, dois passos além, depena um par de nambus. Ponto-Fino, acocorado à beira da vereda, monta sentinela.

Os dois viajantes, assustadíssimos, tentam conversar.

1º VIAJANTE

— Mas, capitão Corisco, nunca nenhum de nós denunciou cangaceiro. Não temos nada com polícia.

2º VIAJANTE *(o de brim.)*

— Faz anos de vida que eu nem boto os olhos num soldado.

CORISCO

— Isso é o que vocês contam. Conheço muito. Mas quem vai resolver é o capitão.

1º VIAJANTE

— E o senhor também não é capitão? Por que não resolve logo?

CORISCO

— Se eu quisesse, podia. Mas até agora o chefe é ele. E depois, foi ordem dele mesmo, que a gente pegasse vocês dois e esperasse aqui.

2º VIAJANTE

— Mas lhe juro que nós estamos inocentes, capitão Corisco. Lhe juro pelo que o senhor quiser.

CORISCO *(afasta-se do fogo, começa a limpar o rifle.)*

— Vamos deixar de choradeira. Eu não tenho nada com a vida de vocês. Neste caso sou pau-mandado. Se avisaram os macacos, vão pagar por isso, tão certo como o diabo estar no inferno. Se não avisaram, então vai-se ver...

[*Pausa.*]

— Seja como for, quem sabia notícia da passagem de vocês era o capitão Virgulino, não eu. Tive ordem de botar uma espera em vocês, e botei. E depois de pegar os dois, vir aguardar neste lugar, e vim.

2º VIAJANTE

— Mas então...

LAMPIÃO

CORISCO *(irritando-se.)*

— Quantas vezes já lhe disse que a questão não é comigo, criatura! E é bom pararem com essas lástimas, que eu não sou homem paciente.

[*Dirigindo-se a Pai-Velho.*]

— Peou os animais, Pai-Velho?

PAI-VELHO *(aponta para o mato além, com a faca suja de sangue e penas da nambu.)*

— Peei. Estão bem ali.

PONTO-FINO *(pondo-se de pé.)*

— Compadre Cristino, parece que o pessoal já vem!

[*Esperam todos, de ouvido atento.*]

PONTO-FINO

— Vem, sim, estão desmontando!

[*Corisco arma o fuzil, com um estalo seco. Ele e os dois viajantes se levantam e olham na direção de onde devem chegar os homens. Pai-Velho continua o seu trabalho. Ouve-se a aproximação ruidosa de Lampião com o seu grupo. Marcham à frente o chefe e Maria Déa, a quem agora chamam de Maria Bonita; ela usa o seu conhecido trajo "de campanha": saia e blusa cáqui, cartucheira, embornais; mas não carrega rifle nem a grande "lambedeira" dos homens. Traz apenas, à cintura, um pequeno punhal e uma pistola. Risadas; alguns entoam a "Mulher Rendeira". Atrás do casal, o estado-maior: Antônio Ferreira, Volta-Seca, Moderno, Sabino. Mais uns três cabras. Vendo os bandidos, os viajantes recuam, procurando encostar-se ao tronco do juazeiro.*]

LAMPIÃO *(erguendo a mão no ar, risonho.)*

— Não se assustem, minha gente, não se assustem! É Lampião que chega — amando, gozando e querendo bem!

CORISCO *(adianta-se, tira o chapéu.)*

— Bom dia, capitão. Tá aí os homens.

LAMPIÃO

— Obrigado, compadre Cristino.

[*Aproxima-se dos prisioneiros que, à sua chegada, tentavam desajeitadamente arrancar os chapéus com as mãos amarradas.*]

OS PRISIONEIROS

— Bom dia, capitão Virgulino!

LAMPIÃO *(medindo-os de alto a baixo.)*

— Podem me chamar de Lampião. *(Pausa.)* Ou vocês pensam que o nome de Lampião é agravo?

1º VIAJANTE

— Deus me livre, capitão!

LAMPIÃO *(fazendo-o calar-se com um gesto.)*

— É bom que saibam uma coisa: Lampião só tem um no mundo. Virgulino, ou José, ou Chico, ou Pedro, qualquer amarelo à toa pode-se chamar. É só a mãe dizer ao padre na hora do batizado. Mas o nome de Lampião — não foi ninguém que me deu! Esse eu ganhei na boca do meu rifle.

VOLTA-SECA

— Em noite de tiroteio o rifle de meu padrinho não para de ter clarão!

LAMPIÃO

— O finado Imperador batizou-se por Pedro, mas era tratado de Majestade. Pois a minha majestade é o nome de Lampião! No jornal não me chamam o Rei do Cangaço? Saiu escrito no jornal...

[*Faz um gesto que abrange a todos.*]

— ... todo o mundo leu! E um cantador disse ainda que eu sou o Imperador do Sertão. Era um cego que não enxerga a luz do dia, mas vê a luz que eu alumeio! Porque, na caatinga, Lampião é rei coroado!

[*Dirige-se a Corisco.*]

— A espera saiu direito, compadre Cristino? Houve morte?

CORISCO *(aproximando-se.)*

— Morte nenhuma, capitão. Esse pessoal de paletó não reage...

2º VIAJANTE

— Reagir por quê? Nós não somos inimigos dos senhores!

CORISCO

— Homem reage sempre.

PONTO-FINO *(chegando-se aos prisioneiros.)*

— Isso lá é homem!

LAMPIÃO *(para Ponto-Fino.)*

— Não se meta, Ezequiel. Eu hoje não quero violência. Eu hoje sou da paz.

[*Para Corisco.*]

— Continue, compadre.

CORISCO

— Foi uma besteira. Botei uma tábua cheia de prego no meio da estrada, disfarcei com areia, e me escondi com os meninos por detrás de umas moitas. Esperamos mais de duas horas, até escutar o ronco do automóvel que vinha bem devagar, tateando o caminho... Esse camarada de casimira era que guiava o bicho, com o parceiro de banda, todos dois muito ressabiados, espiando pra um lado e pra outro... Acho que tinham recebido aviso de que nós andávamos por perto.

1º VIAJANTE

— Aviso de quem? Nós somos estranhos aqui! Aviso, não senhor!

2º VIAJANTE

— Eu vinha devagar porque o caminho era danado de ruim!

[*Lampião faz um gesto de enfado, os viajantes se calam imediatamente.*]

CORISCO

— Aí, o automóvel pisou em cima dos pregos, lançou assim a modo dum suspiro fundo, soltando o vento dos pneus. E quando os camaradas deram fé, estavam debaixo da mira das nossas armas...

LAMPIÃO

— Foi bom que não houvesse morte. Já não disse que a minha tenção agora é de paz? [*Vira-se para os presos.*]

LAMPIÃO

— Não carecem de tremer o beiço, moços. Nem de ficarem assim tão amarelos...

[*Ri, a sua risada curta.*]

— Não sei por quê, nunca vi homem corado na minha frente!

[*Para Corisco.*]

— Cadê o automóvel?

CORISCO

— Ficou lá na estrada, com as rodas murchas, capitão.

LAMPIÃO

— Vocês são capazes de consertar esse carro, botar ele andando de novo?

1º VIAJANTE *(solícito.)*

— Muito simples, capitão. Basta desembeiçar os pneus, tirar as câmaras de ar e consertar os buracos...

[*Vira-se para o companheiro.*]

— Veio vulcanite?

2º VIAJANTE

— Que eu saiba, não. Mas há de se arranjar. Manda-se um portador à vila.

LAMPIÃO *(corta a conversa com um gesto.)*

— Não, fica pra depois. Se bem que eu até gostasse de levar a Maria num passeio de carro por essa caatinga afora!

[*Olha para Maria Bonita, trocam um sorriso.*]

— Mas agora não tem tempo.

1º VIAJANTE

— Mesmo que demore, para nós é um prazer, capitão. Basta arranjar a vulcanite... Nós não temos pressa...

LAMPIÃO

— Fica para outra vez, já disse. Vocês não sabem, mas têm pressa e muita. *(Pausa.)* Moços, vocês têm estudo?

1º VIAJANTE

— Estudo?

LAMPIÃO

— Algum de vocês é doutor?

2º VIAJANTE

— Não senhor. Vontade eu tinha, capitão, mas não passei na escola primária.

LAMPIÃO *(encara interrogativamente o outro.)*

1º VIAJANTE

— Eu também não. Sou agente de seguros.

LAMPIÃO

— Nenhum é doutor? Pois é pena. Me dou muito bem com doutor. Teve até um doutorzinho que me tratou da vista e abaixo de Deus e dos poderes do meu Padrinho Padre Cícero...

[*Leva a mão ao chapéu.*]

— .... me botou bom...

[Vira-se para o 1º Viajante.]

— Que foi que você disse que era?

1º VIAJANTE

— Agente de seguros.

LAMPIÃO

— Seguro de quê?

1º VIAJANTE

— Seguro de vida, capitão. O camarada assina um papel e fica pagando à companhia aquele tanto por mês. Em caso de morte, a gente paga uma bolada boa à família.

LAMPIÃO

— Eu já tinha escutado falar nisso.

CORISCO

— Ouvi falar em segurar vida, pensei que era negócio de botar corpo fechado...

PONTO-FINO

— Boa ideia era a gente fazer uma sociedade: você primeiro segurava os homens... e aí nós chegávamos... com o nosso jogo...

[Bate no fuzil.]

— E se fazia a cobrança...

[Ri.]

Lampião faz um gesto impaciente em direção de Ponto-Fino.

LAMPIÃO *[para o 2º Viajante]*

— E você, que é que é?

2º VIAJANTE

— Eu sou capangueiro, capitão.

PONTO-FINO

— Capangueiro? Capanga de quem?

2º VIAJANTE

— Capanga de ninguém, não senhor. Chamam capangueiro quem compra diamante nos garimpos.

LAMPIÃO *(para o 2º Viajante ou Capangueiro.)*

— Então você negocia com diamantes?

MARIA BONITA

— Diamante? Quer dizer, brilhante?

[*Estende a mão.*]

— Quero ver.

CAPANGUEIRO

— Não trago nenhum comigo, dona. Não vê, ainda estou de viagem para os garimpos.

PONTO-FINO

— Então mostre o dinheiro com que vai pagar as pedras.

CAPANGUEIRO *(trêmulo.)*

— Dinheiro, trago quase nenhum, moço... A gente tem medo de andar com dinheiro por essas estradas.

PONTO-FINO *(ri.)*

— Eu sei!

CAPANGUEIRO

— Ninguém está falando no capitão! Mas tem por aí muito cabra malvado. Até mesmo os macacos da polícia.

PONTO-FINO

— Mas, afinal, com que dinheiro você vai comprar as pedras? Não me venha dizer que os homens lhe dão fiado.

CAPANGUEIRO

— Botei no banco. Pretendia tirar quando chegasse no Juazeiro. Só trago comigo o livro de cheques.

PONTO-FINO

— Livro de cheques? Vale dinheiro? Me mostre, pra eu ver como é.

[*O Capangueiro tenta alcançar o bolso interno do paletó, mas com as mãos amarradas não o consegue. Lampião, que até aí ficara em silêncio, escutando a conversa, intervém com um gesto.*]

LAMPIÃO

— Agora te aquieta, Ezequiel. Já me cansa a paciência. Deixa o moço em paz.

[*Para o Capangueiro e o Agente de Seguros.*]

— Não mandei pegar vocês para tomar dinheiro, rapazes. Só tomo dinheiro por desfastio. Dinheiro, coragem e bala são três coisas que eu carrego comigo. Podem sossegar o coração.

[*Para Corisco.*]

— Solte as mãos deles, compadre.

[*Corisco obedece, corta-lhes as cordas, cada uma com um talho só de faca.*]

OS DOIS VIAJANTES

— Muito obrigado, capitão, muito agradecido!

LAMPIÃO *(grave.)*

— Não tem de quê. Mas em troco vão me fazer um favor.

[*Expectativa.*]

— Vão me levar uma carta.

AGENTE DE SEGUROS

— Às suas ordens, capitão!

CAPANGUEIRO

— Com todo o gosto! O senhor não pede, manda.

LAMPIÃO

— Disso eu sei. A carta é para o Recife.

AGENTE DE SEGUROS

— Mas, capitão, nós estamos vindo do Recife para cá!

PONTO-FINO

— Já se esqueceram de que vão fazer um favor mandado, e não pedido?

LAMPIÃO *(irritado.)*

— Cala a boca, Ezequiel, já te disse! Quem está falando com os homens sou eu!

[*Para os presos.*]

LAMPIÃO

— Pois é, vão ao Recife. E não adianta queixa: eu já disse que tinham de ir e pronto.

[*Pausa.*]

— Não estou mais pedindo, estou mandando. Eu sempre peço primeiro e depois mando. E quando mando, obrigo. Agora já é obrigado.

CAPANGUEIRO

— A gente falou por falar, capitão. É até bom ver o Recife de novo.

[*Ponto-Fino, escutando isso, solta uma risada. Lampião, irritadíssimo, lança o olho torvo ao irmão.*]

MARIA BONITA (*puxando a manga de Ponto-Fino.*)

— Cala essa boca, menino. Não agaste seu irmão.

[*Ponto-Fino recua, amuado. Lampião continua a falar com os presos. Já não está parado, mas passeando, sem chapéu; usa o coice do rifle para martelar o chão, pontuando o que diz.*]

LAMPIÃO

— Vão me levar uma carta para o interventor do Recife. É uma carta de paz. Não foi o que eu disse, quando cheguei aqui? Lampião só vive agora amando, gozando e querendo bem.

[*Para o Agente de Seguros.*]

— Você aí, tem letra boa?

AGENTE DE SEGUROS (*trêmulo.*)

— Assim, assim, capitão.

LAMPIÃO

— Então arranje papel e lápis e escreva.

[*O preso mexe nos bolsos e apanha uma caderneta.*]

LAMPIÃO *(protesta.)*

— Esse papel aí é muito pequeno. Isso vai ser carta para o governo, tem que ser em papel decente.

[Vira-se para Maria Bonita.]

— Tire uma folha de almaço do alforje, Maria.

[Maria Bonita remexe nos alforjes, que foram arriados, e traz de lá uma folha de papel. O Agente de Seguros puxa do bolso uma caneta-tinteiro.]

LAMPIÃO *(para o Agente de Seguros.)*

— Pode começar.

[Dita, pontuando as frases com o dedo indicador.]

— "Sr. Interventor de Pernambuco. Suas saudações com os seus. Faço-lhe esta devido a uma proposta que desejo fazer ao senhor para evitar guerra no sertão e acabar de vez com as brigas..."

[O homem escreve febrilmente, procurando acompanhar o ditado, que é feito em voz lenta, solene. Lampião dita como se estivesse falando pessoalmente com o interventor pernambucano.]

LAMPIÃO

— "Se o senhor estiver no acordo, podemos dividir os nossos territórios. Eu, que sou o capitão Virgulino Ferreira, Lampião, Interventor do Sertão, governo esta zona de cá por inteiro, até às pontas do trilho, em Rio Branco. E o senhor, do seu lado, governa do Rio Branco até à pancada do mar, no Recife..."

[Enquanto Lampião dita a carta, os cangaceiros se aproximam, interessados. Alguns aprovam gravemente, de cabeça. Maria Bonita não tira os olhos de Lampião. Ponto-Fino,

ainda amuado, não pode entretanto conter o interesse. Lampião faz uma pausa, esperando que o improvisado secretário o alcance.]

AGENTE DE SEGUROS *(escrevendo.)*

— "... pancada do mar, no Recife..."

SABINO *(é homem forte, quarentão, de cara fechada, respeitado por todos. Veste com luxo, muitas medalhas de ouro no chapéu, os dedos cheios de joias, uma pedra grande no anel que lhe segura ao pescoço o lenço de seda. Acompanha atento a frase e aparteia, durante a pausa.)*

— Isso mesmo. Fica cada um no que é seu.

LAMPIÃO *(para Sabino, também grave.)*

— Pois então. É o que convém.

[*Continuando o ditado.*]

— "Assim ficamos os dois em paz, nem o senhor manda os seus macacos me emboscar, nem eu com os meus meninos atravesso a extrema, cada um governando o que é seu sem haver questão." Escreveu?

[*Pausa.*]

AGENTE DE SEGUROS *(escrevendo.)*

— Sim, senhor... "questão"...

LAMPIÃO *(com ênfase maior.)*

— "Faço esta por amor da paz que eu tenho, e para que não se diga que eu só que sou bandido, que não mereço! Aguardo a sua resposta e confio sempre." Escreveu? — "Confio sempre?"

AGENTE DE SEGUROS

— Espere aí, por caridade, capitão. "... que não mereço... aguardo... confio sempre..." Pronto, capitão.
Desculpe a letra. Mas assim, correndo...

[*Entrega-lhe o papel.*]

LAMPIÃO *(examinando a carta.)*

— A letra está boa. O homem lá entende. Agora
vou assinar. Traz o lápis, Maria, que eu vou botar o
meu ferro.

[*Senta-se na sela, apoia o papel na coronha do rifle, assina
com um rabisco final.*]

— "Capitão Virgulino Ferreira, Lampião. Interventor do Sertão."

[*Levanta-se.*]

— Agora se aviem, seus moços, e me levem a carta.
Vocês vão sair daqui com uns guarda-costas.

[*Para Volta-Seca.*]

— Menino, me arreia uns animais.

[*Para os viajantes.*]

— Vai com vocês meu mano Antônio Ferreira, e mais
uns meninos de confiança. [*Chama.*]

— Antônio!

ANTÔNIO FERREIRA *(aproxima-se.)*

— Estou aqui.

LAMPIÃO

— Antônio, meu nego, você leva esse pessoal aos
Barreiros. Lá, diga ao compadre Juventino que me

arranje condução urgente e mande acompanhar os moços até à linha do trem.

[*Para os presos.*]

— Peguem a carta e entreguem ao homem. Mas não pensem que por acaso, dos Barreiros para lá, vocês estão livres de mim! Daqui até no Recife a sombra de Lampião está sempre atrás de vocês! Triste de quem me promete e não cumpre!

AGENTE DE SEGUROS

— Deus me livre, capitão!

CAPANGUEIRO

— Faça de conta que a carta já está entregue.

LAMPIÃO

— É melhor assim.

CORISCO

— E o automóvel, capitão?

AGENTE DE SEGUROS *(tímido, mas ansioso.)*

— Sim, capitão, e o nosso automóvel?

LAMPIÃO

— O automóvel fica aí. Quando nós estivermos longe, quem quiser que acuda.

AGENTE DE SEGUROS *(tomando coragem, desesperadamente.)*

— Mas o senhor sabe que me custou vinte e dois contos...

LAMPIÃO

— Ai, ai, ai, meu amigo! Então você não acha que a miserável da sua vida valha vinte e dois contos?

PONTO-FINO *(não se contém, aparteia com uma risada.)*

— Estão se dando muito barato!

[*Os homens baixam a cabeça, submissos.*]

CORISCO

— E os trens deles, capitão?

CAPANGUEIRO

— Eu nem tive coragem de falar...

CORISCO

— Nos bolsos não mexi nada. Mas no carro eles traziam cada um uma malota, e mais estes troços aqui...

[*Vai apanhar uma garrafa térmica, uma máquina fotográfica e uns três embrulhos pequenos.*]

LAMPIÃO

— E isso, que é?

[*Segura a garrafa térmica.*]

AGENTE DE SEGUROS *(muito solícito.)*

— É uma garrafa, capitão. Chamam garrafa térmica. A gente bota o café quente dentro dela e vai ver, no outro dia, ainda não esfriou.

LAMPIÃO

— Deve ser bom para quem viaja.

[*Para Maria Bonita.*]

— Olha.

MARIA BONITA *(segura a garrafa, abre-a, vira um pouco de café na tampa de alumínio.)*

— É mesmo, ainda está morno.

[*Vai levando o copo à boca.*]

LAMPIÃO *(bate-lhe bruscamente no braço, derrubando o copo com o café.)*

— Você está doida, rapariga? Sabe lá o que vem aí dentro?

CAPANGUEIRO

— Credo em cruz, capitão, como é que tem um pensamento desses?

[*Apanha o copo do chão, toma a garrafa da mão de Maria Bonita, enche o copo de café e bebe-o dum trago.*]

— Eu não tinha coragem de envenenar um cachorro, quanto mais um homem!

LAMPIÃO *(com o seu riso ruim.)*

— E, porém, se esse cachorro lhe rendesse mais de cem contos, depois de morto? [*Apanha a máquina fotográfica.*]

— Isto é de tirar retrato?

[*Examina a máquina.*]

— Está preparada?

AGENTE DE SEGUROS

— Tem um filme quase inteiro, capitão! Acho que só bati com ele uma chapa. Quer tirar algum retrato?

LAMPIÃO

— É bom. Vocês chegam lá com um retrato meu, e assim o homem acredita que a carta é minha mesmo.

[*O Agente de Seguros prepara a máquina, leva a objetiva ao rosto, e caminha uns passos, de costas, procurando distância e luz. Lampião também recua, gravemente, e posa com solenidade, apoiado ao rifle. Quando o Agente de Seguros bate a chapa, Maria Bonita se adianta, com um sorriso.*]

MARIA BONITA

— Agora nós!

LAMPIÃO *(afasta-a com um gesto.)*

— Não. Quer botar retrato seu na mão desses homens?

[*Para o Agente de Seguros.*]

— Chegando no Recife, mande aprontar o retrato e entregue junto com a carta. Serve de documento. E agora, pronto. Já ouviram as minhas ordens. Expliquem direito ao homem, se a carta só não chegar. Eu só quero é a paz. Quem for meu amigo vive e engorda — mas depois que eu me zango, só debaixo da terra um cristão acha agasalho. Se o homem fica no acordo, está tudo como Deus mandou. Mas se ele não ficar no acordo e quiser guerra, terá guerra. Lampião nasceu mesmo foi para guerrear. E escute bem: dentro desta caatinga, quem manda ou há de ser a paz de Lampião — ou a guerra de Lampião. Macaco do governo, aqui, não levanta o pescoço. Digam isso ao homem, direitinho, que estou dando o recado. Podem ir.

[*Despede-os, com um gesto de mão. Os presos se descobrem, humildemente. Antônio Ferreira já está pronto, de armas na mão, acompanhado de três cabras: Azulão, Pernambuco e Arvoredo.*]

ANTÔNIO FERREIRA *(aproximando-se de Lampião.)*

— Até mais logo, mano. Então posso entregar os homens ao Juventino, sem cuidado?

LAMPIÃO

— Entregue, que o Juventino não me faz desfeita. Se eu preciso dele alguma vez, mais precisa ele de mim. Deus te acompanhe, Antônio.

[Os viajantes fazem uma derradeira cortesia com os chapéus, a que Lampião e Maria Bonita correspondem, gravemente.]

AGENTE DE SEGUROS

— Adeus, capitão. Adeus, dona. Adeus, rapaziada.

CAPANGUEIRO

— E muito obrigado por tudo!

LAMPIÃO *(vendo-os sair.)*

— Vão em paz.

[Saem Antônio Ferreira, Azulão, Pernambuco, Arvoredo e os dois viajantes. Ezequiel os acompanha um pouco, fala qualquer coisa com Antônio Ferreira, ri. A cena escurece.]

CENA II

*Foi só um momento que as luzes do palco se
apagaram, indicando a passagem de algumas
horas. Quando clareia, o cenário é o mesmo, à
tardinha. Lampião está recostado ao assento
que Maria Bonita lhe preparou com mantas e
coxins, sobre as selas. Os cabras estão reunidos
ao fundo; um deles toca em surdina numa gaita
de boca. Moderno faz sentinela. Ezequiel faz
exercício de tiro num alvo que pendurou a um
galho de árvore: o alvo é um velho quepe de
soldado de polícia, todo furado de balas. Dois
cabras servem de espectadores a Ezequiel e riem
quando ele erra um tiro. A uma risada mais
alta, Lampião se volta, adverte:*

LAMPIÃO

— Olha esse estrago de munição. Depois faz falta. A
rua está longe.

*[Ezequiel, amuado, joga a arma de lado. Caminha uns pas-
sos, volta ao meio dos companheiros, puxa a faca da cintura e
passa a novo jogo: atira a faca no galho onde está pendurado
o alvo. Os companheiros o cercam novamente. Enquanto isso,
Maria Bonita, que arrumava qualquer coisa nos embornais,
aproxima-se de Lampião, senta-se ao lado dele e começa a
descalçar os sapatos.]*

MARIA BONITA

— Arre, fiz um calo de sangue! Também com essa caminhada!

[*Pausa. Maria Bonita estira as pernas, estira os pés nus. Suspira alto. Põe a mão no ombro de Lampião, e fala em voz mais baixa.*]

— Você não tem medo, meu bem?

LAMPIÃO

— Eu, medo? Medo de quê, mulher?

MARIA BONITA

— Pois eu tenho. Meu coração adivinha.

LAMPIÃO

— Mas, medo de quê, Maria? Você sabe de alguma coisa que eu não sei?

MARIA BONITA *(abana a cabeça.)*

— Não. Tenho medo é dessa carta para o presidente.

LAMPIÃO

— Agora não tem mais presidente. Governo, agora, se chama de interventor.

MARIA BONITA

— Pois é. Mas diz que provocar o governo é atirar pedra na lua. Afinal, eles lá têm os soldados que querem, têm até canhão, como no tempo da guerra do Juazeiro, contra meu Padrinho...

LAMPIÃO

— E quem foi que ganhou a guerra do Juazeiro? Me diga! Quem ganhou? Que mal fez o canhão aos jagunços do Padre Cícero? A jagunçada foi que venceu tudo — mataram até o Jota da Penha, que era macaco, mas era homem.

MARIA BONITA

— Eu sei, mas assim mesmo tenho sobrosso. Se lembre de Canudos... Se lembre de Pedra Bonita... Acabou morrendo tudo, o governo ganhou sempre...

LAMPIÃO *(soergue-se, segura-a pelo ombro.)*

— Nunca mais me fale numa coisa dessas, Maria. Só aguentei porque era de você. Triste de outro que abrisse a boca para fazer essa comparação...

MARIA BONITA

— Eu não estou inventando. Só estou me lembrando.

LAMPIÃO

— Pois não se lembre de nada. Não compare ninguém com Lampião. Nunca nasceu outro Lampião no mundo, nem nunca nascerá. Com a proteção de Meu Padrinho, tenho o corpo fechado para moléstia, para o chumbo e para o ferro, para praga e mau-olhado. É como se tivesse uma capa de aço me protegendo.

MARIA BONITA *(trêmula.)*

— Da morte ninguém escapa, criatura de Deus...

LAMPIÃO *(ameaçador.)*

— Não agoura, mulher! Não chama pela morte!

MARIA BONITA

— Não sou eu que chamo. Você é que às vezes parece até que tenta a Deus...

LAMPIÃO

— Como é que eu tento a Deus? Não estou procurando a paz?

MARIA BONITA *(abana a cabeça.)*

— Governo não faz paz com cangaceiro.

LAMPIÃO

— Mas comigo é diferente. De mim eles precisam. Quando careceram de quem fosse brigar com os revoltosos, de quem é que eles se valeram? Do bandido Lampião. Mandaram o filho do presidente do Ceará com a patente de capitão para Virgulino Ferreira da Silva. Você mesma tem a patente guardada no seu embornal.

MARIA BONITA

— Mas hoje em dia as coisas mudaram. Hoje não anda mais revoltoso por aqui.

LAMPIÃO

— Ando eu, e faço mais medo do que revoltoso. O meu acordo é a salvação deles. Fica por lá o homem governando no Recife. Mas Lampião, aqui, é o Imperador do Sertão.

MARIA BONITA *(com um suspiro.)*

— Deus queira, meu bem, Deus queira!

LAMPIÃO *(passa-lhe o braço pelos ombros.)*

— Parece até gemido de coã em beira de rio! *(Ri. Pois eu sinto hoje o meu coração leve, que é feito uma pena. Para mim, o mundo é meu. A coisa estando viva em cima da terra, se a minha palavra não alcançar, a bala do meu fuzil alcança. Acima de mim, só os poderes de meu Padrinho, de Nossa Senhora e dos santos. E meu Padrinho é meu amigo, e os poderes do céu nunca hão de me fazer mal.

MARIA BONITA

— Não se zangue com o que eu vou dizer. Mas se lembre de Antônio Silvino. Ele também se pabulava de ter corpo fechado e acabou sendo preso...

LAMPIÃO

— Antônio Silvino foi traído. Tomou amizade ao diabo de uma mulher e a desgraçada entregou o pobre aos macacos. Mas eu — olha bem pra mim, Maria! —, eu não me entrego em mão de mulher. Nem nas tuas.

MARIA BONITA

— Você tinha coragem de me largar?

LAMPIÃO

— De largar, não sei. Mas de matar, tinha. Acho que em certas horas até sentia gosto em te matar.

MARIA BONITA

— Pois então, por que não mata? Pensa que eu tenho amor à vida? Quando me determinei a ganhar o mundo com Lampião, minha vida deixou de ser minha. Se até tive a coragem de largar os meus filhos sem dizer adeus...

LAMPIÃO *(sombrio.)*

— Já lhe disse que não fale nos seus filhos, Maria. Se quiser que eles continuem vivendo, faça de conta que já estão mortos. Ou melhor, faça de conta que eles nem ao menos nasceram.

MARIA BONITA

— Por que ter ódio dos pobres inocentes? Eles nunca te fizeram mal. Se alguém tem direito de odiar, o direito era deles...

LAMPIÃO *(em voz baixa, sufocada.)*

— Já lhe disse que não fale neles. Pensa que é fácil eu aturar o pensamento de que você já teve filho pelas obras de outro homem? Sinto mais ódio deles do que do pai. O pai, você que usou dele. Mas os filhos foi que te usaram.

[*Pausa.*]

— Você sabe por que é que eu ainda não matei o sapateiro, Maria?

MARIA BONITA

— Ele é tão esmorecido, tão nojento...

LAMPIÃO

— Outro dia, no cerco dos Pereiras, Ezequiel ficou doido de raiva porque eu não deixei ele atirar antes da hora e se pôs a gritar que eu estava afrouxando, que eu não era mais homem — e a prova é que eu deixava o teu marido continuar vivendo...

MARIA BONITA

— Me admira o que você aguenta da boca de seus irmãos.

LAMPIÃO

— Nesse dia castiguei. Aquele menino é doido, quando fica danado não sabe o que diz. Afinal, é o meu sangue...

MARIA BONITA

— Um dia, tenho medo de uma desgraça.

LAMPIÃO

— Ele é atrevido, porém acaba se enxergando. É malcriado, mas tem medo de mim.

[*Pausa.*]

— Mas quer saber por que eu ainda não matei o desgraçado daquele sapateiro, Maria?

MARIA BONITA

— Pensei que você tinha dó. O pobre, afinal, não é culpado de ter-me conhecido primeiro.

LAMPIÃO

— Vou lá ter dó daquilo! Para mim, era mesmo que um rato que eu estourasse debaixo do pé. E se ainda não dei cabo dele, foi para ter em quem desabafar, quando eu não puder mais, quando estiver rebentando de paixão danada. Quando começo a pensar em tudo que já se passou, em tudo que você fez longe do meu poder... Coisa que todo o mundo sabe por aí, só eu que não sei... Me reina até acabar com toda a gente que já te viu com ele, e agora te vê comigo.

MARIA BONITA *(passa-lhe a mão pela face, ternamente.)*

— Mas eu antes era Maria Déa... Hoje, ninguém se lembra desse nome. Agora só quem existe é Maria Bonita, a mulher de Lampião.

LAMPIÃO

— Pode ser. Mas todo o mundo sabe que houve um homem que te levou donzela da casa do teu pai, e que andam por aí esses meninos, teus filhos... E assim, vou guardando o sapateiro... Para ter ele à mão, ter em quem me vingar, em vez de me vingar nos teus filhos. Deixa ele viver enquanto eu vou aguentando. No dia em que não puder mais, acabo com o miserável e desafogo o coração...

[Maria Bonita começa a chorar.]

MARIA BONITA

— Meus filhos não podem pagar pela vida que a mãe leva...

LAMPIÃO

— Pra que você chora? Afinal, eles não estão vivos? Tem quem me chame de bandido, de malvado, mas a verdade é que eu não tive a coragem de acabar com esses meninos. E ainda uma vez lhe aviso, Maria: se você quer que eles continuem vivendo, deixe eu me esquecer de que eles existem no mundo.

MARIA BONITA

— E se é assim, por que ao menos você não consentiu que eu criasse o filho que era seu? Por que me obrigou a enjeitar a criança, e dar pra aquele padre criar?

LAMPIÃO *(cada vez mais sombrio.)*

— Não quero filho nenhum. Este meu reinado não tem herança. Se eu quisesse deixar alguma coisa para filho... se eu quisesse algum filho comigo, mandava buscar um desses que semeei por aí. Nem sei quantos, antes de te conhecer. Nesse tempo eu não carregava mulher comigo, em cada parada era uma nova... (*Segura a mulher pelos ombros.*) Mas filho teu, não, Maria. Não quero menino contigo, dormindo na tua rede, te agarrando, te chupando. Nem com filho te reparto.

MARIA BONITA

— Às vezes tenho medo de que você ande fora do seu juízo...

LAMPIÃO *(respira com força.)*

— E quando chegar a hora da morte, se eu não houver te matado antes, ainda hei de ter força para apertar o gatilho e não deixar que você fique viva depois de mim.

MARIA BONITA

— E eu? Se eu fosse pensar no que você fez no mundo, antes de me conhecer... e até depois que estou na sua companhia! Se eu saísse matando esses teus filhos?

LAMPIÃO

— Cale a boca. Não se compare comigo. Você é mulher, e basta.

MARIA BONITA

— E você, no final de contas, também é um vivente igual aos outros.

LAMPIÃO

— Escuta, Maria: se chegasse o Dia de Juízo, tudo quanto fosse cristão se finasse, e só ficasse eu de vivo — o mundo não se acabava, porque tinha ficado um homem!

[*Ouve-se um rebuliço, um grito.*]

UM CABRA

— Vem gente!

AZULÃO *(de fora.)*

— Sossega, compadre Moderno. Somos nós, de volta.

[*Entram Azulão, Pernambuco e Arvoredo.*]

LAMPIÃO *(levanta-se.)*

— Que demora foi essa? Daqui aos Barreiros não dá duas léguas! E minhas ordens, se cumpriram?

[*Pausa. Azulão adianta-se dos companheiros, tira o chapéu, baixa a cabeça.*]

LAMPIÃO

— Cadê Antônio Ferreira? Cadê os outros?

[*Arvoredo e Pernambuco se aproximam, seguidos de perto pelo resto do bando, tendo à frente Ezequiel e Sabino. Só Maria Bonita continua sentada.*]

LAMPIÃO *(com voz terrível.)*

— Cadê Antônio Ferreira?

AZULÃO

— Aconteceu uma desgraça, capitão...

MARIA BONITA *(erguendo-se assustada.)*

— Meu coração bem que me dizia!

LAMPIÃO *(detendo Maria Bonita.)*

— Não comece, Maria.

[*Para Azulão.*]

— Que desgraça foi essa, cabra?

AZULÃO *(tremendo, com voz sumida.)*

— Seu irmão Antônio foi baleado, capıtão...

[*Enquanto Azulão fala, encostam-se timidamente a ele os outros dois, Pernambuco e Arvoredo.*]

LAMPIÃO

— Hem? Que história é essa, cabras? Quem baleou o Antônio?

PERNAMBUCO

— Pela luz que nos alumia, capıtão, nınguém tem culpa. Seu irmão morreu de sucesso.

LAMPIÃO *(com a fala branda de repente.)*

— E que sucesso foi esse?

[*Silêncio aterrorizado dos outros.*]

— Quero saber o que foi!

AZULÃO *(trêmulo.)*

— Não vê, capitão... Nós chegamos na casa dos Barreiros... Antônio Ferreira entrou na sala, junto com os presos, e foi falar com o seu Juventino. Aí nós, que ficamos de fora, vimos uma rede armada no alpendre... E, mais de vadiação, caímos nela, todos três... Nesse instante Antônio Ferreira saiu da sala, viu o bolo dentro da rede, se meteu no meio da gente, empurrando, dizendo prosa... No ruge-ruge, um fuzil caiu no chão, disparou sozinho... e a bala pegou nele, no lado esquerdo, bem na arca do peito...

SABINO *(dando um passo à frente.)*

— Acho essa história muito mal contada!

AZULÃO *(rápido, leva a mão à arma, virando-se para Sabino.)*

— Seu Sabino, do capitão eu aguento, mas o senhor não me ponha de mentiroso!

LAMPIÃO *(sempre calmo.)*

— Se aquietem.

PERNAMBUCO *(quase chorando.)*

— Foi desgraça mesmo, capitão. Ninguém queria mal a Antônio Ferreira. Lhe juro, capitão! A bala saiu sozinha, parecia mandada!

LAMPIÃO

— Já disse que se aquietem!

[Pausa.]

— E cadê Antônio?

AZULÃO

— Deixamos lá fora na rede.

LAMPIÃO

— Vão buscar.

[Correm os cabras para fora, Azulão na frente. Com pouco entram todos, carregando uma rede que tem dentro um corpo.]

LAMPIÃO

— Quando foi que ele morreu?

PERNAMBUCO

— Morreu na mesma hora, capitão. Morreu a bem dizer com a alma dentro...

[*Todos se descobrem, Lampião avança uns passos, baixa lentamente a cabeça, puxa a varanda da rede, contempla demoradamente o irmão, em silêncio. Maria Bonita cai de joelhos junto ao corpo.*]

MARIA BONITA

— Ó Maria concebida sem pecado!

OS CABRAS *(de cabeça baixa, recolhidos, benzem-se, respondem.)*

— Rogai por nós que recorremos a vós!

PONTO-FINO *(num grito esganiçado, interrompendo a reza.)*

— Você acredita nesses cabras, Virgulino? Eles mataram Antônio Ferreira, e há de ter sido à traição!

LAMPIÃO

— Sossega, Ezequiel. Pode ser verdade.

[*Enfia a mão dentro da rede, tateia o peito de Antônio Ferreira.*]

— Está morto mesmo. Já está esfriando.

MARIA BONITA *(chorando e rezando.)*

— Santas almas do purgatório...

LAMPIÃO *(larga a rede, recua um passo; contempla os três cabras, cabisbaixos, visivelmente apavorados. Fala depois para o grupo que cerca o cadáver.)*

— Se afastem todos!

[*Todos se afastam lentamente, salvo Maria Bonita, que continua ajoelhada, rezando em voz mais baixa o bendito dos defuntos. De repente ela exclama.*]

MARIA BONITA

— Coitadinho, parece um menino, o pobre do teu irmão!

LAMPIÃO *(para os cabras, sem escutar o que ela disse.)*

— Compadre Sabino acha a história mal contada... Ezequiel diz que é de ter havido traição... Eu, de mim, não sei... Antônio Ferreira era meu irmão, mas a verdade se diga... não se dava a respeito com a rapaziada...

[*Sabino abana energicamente a cabeça, resmungando.*]

PONTO-FINO *(avança para os três, com a mão no cabo da faca.)*

— Você pode não saber, mas eu sei!

LAMPIÃO

— Sai daí, Ezequiel, senão te acontece alguma. Já não basta um?

[*Para os seus homens.*]

— Peguem esse menino.

[*Moderno, Pai-Velho, Corisco seguram Ezequiel, que se debate; obrigam-no a sentar-se na sela que Lampião ocupava momentos antes. Ezequiel, dominado pelos outros, esconde a cara nas mãos, chorando de raiva.*]

PERNAMBUCO *(juntando as mãos.)*

— Capitão, pela luz dos seus olhos, acredite!

LAMPIÃO *(irônico.)*

— Deixe pra lá a luz dos meus olhos. Se lembre de que eu já tenho um olho cego!

[Pausa. Todos esperam, de respiração suspensa.]

LAMPIÃO *(devagar, como dando uma sentença.)*

— O que eu sei é que pode ser verdade, mas também pode ser mentira. Meu irmão está morto, não tem como abrir a boca pra desmentir ninguém. Por causa das dúvidas, deixo vocês vivos. Mas se sumam da minha vista. Se escondam, até que eu me esqueça dessa vadiação infeliz que fez o Antônio morrer...

[Os três cabras recuam, como se não acreditassem direito que estão livres. Silêncio de espanto dos demais. Quando os cabras vão dando a meia-volta, para sair, Lampião adverte.]

LAMPIÃO

— Sim, vocês vão, mas deixam as armas. Não se lembram de que o armamento é do capitão?

[Ponto-Fino se ergueu, mas Corisco e Pai-Velho ainda lhe seguram o braço. Trêmulos, os três culpados se despojam das armas. Enquanto isso, Lampião faz um sinal discreto a Sabino, que se põe a seu lado.]

LAMPIÃO *(para os cabras.)*

— Botem no chão... aqui... assim...

[Depois que depõem aos pés do chefe o rifle, as cartucheiras, a pistola da cinta, os três cabras se endireitam e fitam o capitão, como se esperassem uma última ordem.]

LAMPIÃO *(volta-se para Sabino e grita com voz aguda.)*

— Fogo neles, compadre Sabino!

[*Ele próprio detona o* parabellum *e se volta para os demais.*]

— Fogo neles, meninos!

[*Fuzilaria. Os cabras caem baleados mortalmente. Ezequiel, solto, avança como um demônio para os corpos caídos no chão, com a faca erguida.*]

PANO

TERCEIRO QUADRO

O local é o mesmo do segundo quadro, mas foram feitos melhoramentos: ergueram uma latada de ramos secos para abrigo do fogo e dos trastes. Um cepo é posto a servir de banco. Há algumas tentativas de conforto: uma forquilha enterrada no solo onde Maria Bonita pendura roupas e chapéu. As selas, também, em vez de atiradas ao chão, são penduradas pelo rabicho a um dos esteios da latada. Vê-se uma rede desarmada, presa a outro esteio.

Como sempre, o rancho dos cabras fica ao fundo; uma simples pestana de ramos secos, que por ora está sem ninguém.

É dia alto. Ao pé do fogo, está Ponto-Fino, de cócoras, ocupado em assar nas brasas uma espiga de milho. Pai-Velho e Sabino, ao fundo, jogam um truco falando de vez em quando expressões do jogo: "Vale nove! Vale seis! Truco!"

Maria Bonita, sozinha debaixo da latada, costura, sentada no cepo. O ambiente é pacífico. Ouve-se de longe um som de sanfona, tocando a toada de: "É lampa, é lampa, é lamparina, é lampião."

Lampião aparece, vindo do banho na cacimba próxima. Acaba de afivelar a cartucheira à cintura, está sem chapéu, que se vê pendurado à forquilha-cabide. Aproxima-se da mulher, que levanta os olhos para ele.

MARIA BONITA

— A água prestava?

LAMPIÃO

— Pelo menos é melhor que a da cacimba velha.
Aquela talhava o sabão. Cadê os frascos de cheiro?

MARIA BONITA

— Estão aqui, no embornal.

[*Maria Bonita levanta-se, vai à forquilha, onde também estão
pendurados os seus dois embornais. Enfia a mão num deles,
apanha uns dois frascos de perfume, que entrega ao companheiro. Lampião cheira um frasco, depois o outro, escolhe um;
Maria Bonita recebe o frasco recusado e vai guardá-lo onde o
tirou. Lampião destampa o vidro e se perfuma generosamen-
te, no rosto, no pescoço, no cabelo. Entrega o vidro a Maria
Bonita, que desta vez não se levanta, põe descuidosamente o
perfume no chão ao seu lado.*]*

LAMPIÃO

— E café?

[*Maria Bonita levanta-se novamente, apanha de sobre a
pedra da trempe uma chocolateira e enche de café uma caneca
de ágata que tirou da prateleira improvisada perto do fogo.
Ponto-Fino, que continua a assar o milho, ajuda-a.*]*

MARIA BONITA

— Guardei quentinho pra você.

[*Lampião senta-se em outro pedaço de madeira, posto como
assento, vis-à-vis ao de Maria Bonita. Tira do cinto uma
colher de prata e baixa o olho míope para a caneca. Mexe o
café e depois examina a colher, cuidadosamente.*]*

MARIA BONITA

— Credo em cruz, homem! Até de mim você desconfia?

LAMPIÃO

— Até do meu anjo da guarda.

[Enquanto eles falam, Ponto-Fino acaba de assar o milho, levanta-se e caminha em direção aos jogadores; acocora-se ao pé deles e fica a peruar o jogo, enquanto mordisca a espiga.]

MARIA BONITA

— Se eu fosse você, não tinha essa fé tão grande nessa tal colher de prata. Já me disseram que existe veneno que não escurece a prata.

LAMPIÃO *(que vai levando a caneca à boca, retira-a vivamente, e com a mão livre segura Maria Bonita pelo pulso.)*

— Quem te disse? Quem anda te ensinando a me dar veneno?

MARIA BONITA *(livrando o pulso.)*

— Se eu quisesse matar você, não carecia ensino de ninguém. Há muito jeito no mundo de se acabar com um homem.

LAMPIÃO

— Maria, quem te ensinou que existe um veneno novo que não escurece colher de prata?

MARIA BONITA

— Ninguém me ensinou. Faz muito tempo, o finado Antônio Ferreira, me vendo arear sua colher, disse que não é todo veneno que escurece a prata. Há muito veneno que deixa ela branca.

LAMPIÃO

— Coisa fácil é a gente encher boca de defunto com conversa que ele nunca teve.

MARIA BONITA

— De primeiro, quando você começava com essas coisas, eu tinha raiva. Depois, sentia vontade de chorar. Agora o que me dá é aquele desânimo! Será possível que depois de tantos anos... tanta luta... tanto sangue derramado... sangue meu... seu... dos seus irmãos... dos companheiros... você ainda pense em traição? De que me servia a vida, você morto? Não vê que eu sou como outra banda de você... Quer que eu tire a roupa, lhe mostre as marcas de bala, que você esqueceu? Bala que eu levei, correndo na frente delas, com medo que matassem você? Se você um dia cair morto a meu lado, só o que me resta é ficar na linha de tiro e esperar que eles me chumbeiem também!

[*Pausa.*]

— Você já pensou no que os "macacos" haveriam de fazer se apanhassem a mulher de Lampião... viva?

LAMPIÃO

— O que eu sei é que um homem como Lampião é sozinho no mundo. Nem mulher tem. Nem filho, nem irmão, nem parente. Por ele, só mesmo os santos do céu.

MARIA BONITA

— Te benze, homem, te benze. Quem renega os seus, morre sozinho.

LAMPIÃO

— Ah, isso é que não morro! Sozinho, não! No dia em que eu morrer, vai haver tanto defunto que até urubu enfara. Isso eu prometo. Porque o meu destino é morrer atirando — e, quando eu atiro, bala não se perde.

[*Passa a mão pelas cartucheiras que lhe cruzam o peito.*]

— Estas, pelo menos, vão todas...

[*Sabino acaba a mão de jogo, levanta a vista, vê Lampião, ergue-se, aproxima-se. Lampião volve-se lentamente, acompanhando a marcha do outro, como desagradado de o ver chegar-se. Esquecido das suas desconfianças, leva à boca a caneca de café que ainda tinha na mão; mas acha o café frio, joga-o longe. Maria Bonita olha-o atirar fora o café e nada diz, volta à costura. Sabino, como todos os homens de Lampião, não se sente à vontade junto de Virgulino. Mas é audacioso e, por fanfarronada, exagera uma displicência que não sente. Lampião trata os cabras mais graduados — Sabino, Corisco e Pai-Velho, por "compadre". Evita assim a cerimônia de "o senhor" e a intimidade do nome de batismo ou do apelido. Os cabras, de alto a baixo, tratam o chefe de "capitão". Só Volta-Seca o chama "padrinho" e lhe toma a bênção.*]

SABINO

— Afinal, hoje se inteiram as três semanas...

MARIA BONITA *(erguendo os olhos da costura.)*

— Três semanas de quê?

SABINO

— O capitão sabe. Três semanas que os homens saíram com a carta para o interventor. Quero ver...

LAMPIÃO *(interrompe rispidamente.)*

— Quer ver o quê? Que é que eu posso fazer mais? Estou cumprindo a trégua, não estou? Faz três semanas que na caatinga não se dá um tiro! Acham pouco?

SABINO *(manso, meio irônico.)*

— Não, capitão, acho muito. Não tenho fé em resposta do interventor.

MARIA BONITA

— Eu também já disse que governo não faz acordo com cangaceiro. E, quando faz, é para não cumprir.

LAMPIÃO

— Não estou pedindo favor dele! Não quero graça de ninguém! O favor sou eu que faço, para não me chamarem mais de bandido e assassino. Mandei o tratado de paz. Com a minha mão assinei o papel e tudo que eu dizia nele era de coração aberto.

SABINO

— Mas eles não acreditam. Pensam que é emboscada.

LAMPIÃO

— Nesse caso, pior para eles. Se querem é guerra, eu de guerra não tenho medo.

[*Passa a mão pelo papo-de-ema cheio de dinheiro que traz à cinta. Ri.*]

— Afinal, a guerra é só meio de vida que eu conheço.

[*Nesse instante aproxima-se Ponto-Fino, a terminar de comer a sua espiga de milho. Encosta-se a um dos esteios da latada e interrompe a conversa.*]

PONTO-FINO

— Gente, onde é que anda Volta-Seca?

MARIA BONITA

— Mandei o menino dar uma chegada na bodega da Maria Turca. A gente estava desprevenida de açúcar e fósforo.

SABINO

— Pois me admira a Maria Turca merecer essa confiança...

LAMPIÃO *(ríspido.)*

— Ela manda com ordem minha.

PONTO-FINO

— Da Maria Turca eu não desconfio. Já do moleque não digo o mesmo.

LAMPIÃO *(brusco.)*

— Que foi que ele fez?

PONTO-FINO

— Fazer mesmo, não fez nada. Mas depois que, por causa dele, você se estrepou com o Corisco, o diabo do moleque ficou impossível. Está pensando que é homem...

LAMPIÃO

— E homem ele é. Aquilo pode ser pequeno, mas de faca na mão é mais homem do que muito caboclo que anda por aí...

PONTO-FINO

— Ele só é homem quando está com as costas quentes. Na hora em que estava arranhando a velha, de faca, parecia mesmo um cabra-macho. Mas assim que Corisco lhe meteu um cachação no pé do ouvido, o cabrocha se encolheu, até perdeu a fala...

LAMPIÃO

— Compadre Cristino fez muito mal em levantar o braço pro menino. Em cabra meu só eu mesmo boto a mão. Não lhe dei um ensino naquela hora porque estava muito atropelado... Com os "macacos" na minha pisada, era melhor não ter questão...

MARIA BONITA

— Assim mesmo ele desconfiou. Tanto que anoiteceu e não amanheceu.

PONTO-FINO

— E agora o diacho do moleque anda se pabulando de que botou pra correr um famanaz feito Corisco.

LAMPIÃO *(sorri.)*

— Deixa ele. Aquilo é menino espritado.

[*Para Ponto-Fino.*]

— Tu, na idade dele, ainda andavas furtando bode em chiqueiro, não tinhas nem feito uma morte...

[*Ponto-Fino vai responder, Maria Bonita o adverte, segurando-lhe a manga.*]

MARIA BONITA *(em voz baixa, olhando a medo para Lampião.)*

— Sossega, Ezequiel!

[Nesse momento a atenção de Lampião e Sabino é atraída por um ladrar de cachorro.]

SABINO

— Falou no cão! Lá vem ele.

[Entra Volta-Seca, correndo, acenando com um jornal dobrado na mão.]

VOLTA-SECA

— Meu padrinho! Fui fazer compra na Maria Turca e achei lá este jornal que deixaram para o senhor.

PONTO-FINO

— Quem deixou?

VOLTA-SECA

— Disse a Maria Turca que meu padrinho há de saber quem foi.

[Enquanto os dois falam, Lampião toma o jornal, desdobra-o e sorri, displicente e vaidoso, ao contemplar um clichê na primeira página.]

LAMPIÃO

— Esses condenados gostam mais de retrato meu do que de registro de santo...

[Ponto-Fino e Sabino, embora curiosos, mantêm-se em expectativa, sem se atreverem a espiar por cima do ombro do chefe. Pai-Velho também se aproxima. Maria Bonita é que se levanta, e se achega a Lampião, para ver o retrato.]

MARIA BONITA

— Gosto mais de ver o teu retrato quando sai em revista. Em jornal fica tudo um borrão só. A gente nem pode reparar direito na feição.

VOLTA-SECA

— Meu padrinho, a Maria Turca mandou dizer que vêm uns anúncios por baixo do retrato e que, se o senhor ficar mal satisfeito, desculpe. Portador, o senhor sabe...

MARIA BONITA *(lendo devagar, quase soletrando.)*

— O rei... do can... gaço... o... fere... ce... paz...

LAMPIÃO *(orgulhoso.)*

— Está aí! E está certo! Pois não foi o que fiz? Ofereci a paz!

MARIA BONITA *(continua a soletrar.)*

— A au... da... au...

LAMPIÃO *(afastando-a.)*

— Deixa que eu leio.

[*Lê melhor do que ela, mas não correntemente.*]

— "A audácia do bandido não conhece limites... O bandoleiro sanguinário se atreve a fazer propostas de paz ao interventor, tratando-o de potência a potência... O governo prepara enérgica represália à insolência de Lampião. Diz o interventor federal em entrevista ao nosso repórter que, para Lampião, a polícia pernambucana só tem duas respostas: bala ou cadeia..."

[*Lampião, lentamente, lívido, baixa a mão que segura o jornal.*]

PONTO-FINO

— Que é que diz mais?

LAMPIÃO

— Já chega.

[*Amarrota o jornal devagar. Pausa.*]

— Ah, bem, então é assim. É assim que eles recebem a minha mão aberta. Com bandido não tem acordo... Pois eles vão conhecer o bandido... Assassino, não é? Eles nunca viram antes o que seja um assassino. Mas vão conhecer agora... O estado de Pernambuco pra mim só tem cadeia e bala... Pois vai ver o que Lampião tem pra Pernambuco...

SABINO

— Eu, por mim, nunca acreditei que o governo desse resposta.

LAMPIÃO *(ameaçador.)*

— O seu mal, Sabino, é ser muito adiantado. Adivinha as coisas antes de acontecer.

SABINO *(sem se intimidar.)*

— Eu não adivinho não senhor, eu reparo. Então não está entrando pelos olhos da humanidade? Governo não vai acabar com o meio de vida da polícia.

PONTO-FINO

— Lá isso é. Polícia não quer acabar com cangaceiro. Eles vêm a uma légua de distância e a gente já está escutando o estalo da corneta. Querem que a gente se aquiete, ou vá para longe, pra eles não serem obrigados a brigar.

MARIA BONITA

— E, quando os cangaceiros vão embora, chega a vez deles roubarem, pegarem moça, fazerem estripulia...

PONTO-FINO

— E não dispensam de arrancar da cova cangaceiro defunto, pra ver se traz dinheiro amarrado na barriga!

SABINO

— Besta é quem se fia em declaração de governo!

LAMPIÃO *(que desamarrotava o jornal, pensativo, vira-se de brusco para Sabino.)*

— Homem, por falar em cova, você gosta de pisar na beira da sua sepultura! Olhe que até o dia de hoje ainda não tinha nascido o cabra capaz de botar Lampião de besta!

SABINO *(intimidado.)*

— Eu não lhe botei de besta, capitão.

LAMPIÃO

— Já se viu que não. Foi meu engano. Mas escute uma coisa, compadre Sabino. Eles podem me botar nome no jornal, porque estão longe, latindo atrás da cerca; sabem que eu não posso ir no Recife tirar-lhes o couro. Mas na minha cara, compadre...

[*Deixa cair o jornal ao chão, leva a mão ao coldre do* parabellum. *Sabino, atento, ergue também a mão em procura da sua arma; mas Lampião saca primeiro a pistola e a aponta a Sabino; este, sem completar o gesto, recua, à medida que Lampião, lentamente, avança.*]

SABINO

— Eu não quis agravar ninguém, capitão!

LAMPIÃO

— Seja como for, você está ficando muito inchado para as suas apragatas, compadre. Outro dia me chamou de esmorecido. Não negue, teve quem me contasse. E está sempre metendo ideia ruim na cabeça desse cabrito atrevido desse Ezequiel... Dele eu posso aguentar, porque é meu sangue... Mas o seu sangue, compadre, a cor dele eu não conheço... e tenho para mim, de uns dias para cá, que ele me fede mais do que me cheira...

SABINO

— Tudo isso é falso, capitão, o senhor sabe!

[Continua o mesmo jogo, empunhando a arma — o avançar lento de gato, enquanto Sabino recua. Os outros se agruparam por trás de Pai-Velho, Ponto-Fino e Maria Bonita, tensos, as mãos nas armas, faca ou revólver, durante o balé de morte entre Lampião e Sabino. Volta-Seca é o único que se adianta e toma posição ao lado de Sabino, olhos fitos no padrinho.]

LAMPIÃO

— Você está ficando muito soberbo... e rico, não é? Tem pra mais de cinquenta contos nesse papo-de--ema que traz na cintura... Sem falar nos ouros que usa... nesse anel de brilhante...

SABINO *(para de recuar, faz frente a Lampião.)*

— Se atirar, não erre, capitão! Não erre, que eu não tenho medo do corpo-fechado de ninguém!

LAMPIÃO *(o mesmo jogo de antes.)*

— Você pode ser muito sabido, mas a mim não engana... Se, por uma comparação, no meio de uma marcha — eu na frente, você atrás —, você se descuidasse no gatilho e saísse um tiro perdido... lá estava Sabino Gomes com a herança de Lampião!

SABINO

— Se quer atirar, atire, capitão, não precisa inventar desculpa!

LAMPIÃO *(ainda negaceando.)*

— Qual, Lampião está frouxo... cego... morrendo de medo do governo...

[*Grita subitamente para Volta-Seca.*]

— Afasta, menino!

[*Deflagra de repente a pistola, fuzila Sabino com três tiros à queima-roupa. Quando Volta-Seca salta de lado, Sabino tenta sacar a arma, mas não tem tempo; cai, antes que sua mão a alcance. Lampião recua, sopra o cano do* parabellum. *Ponto-Fino se aproxima, empurra de leve o defunto com o pé, solta uma risadinha nervosa.*]

PONTO-FINO

— Nem bole mais.

[*Pai-Velho se mantém imóvel, por trás de Maria Bonita, que, vendo Sabino cair, esconde o rosto entre as mãos. Lampião olha-a um momento, depois fala para o irmão.*]

LAMPIÃO

— Atirei alto, para o dinheiro não melar de sangue...

[*Volta-Seca ajoelha-se ao pé do cadáver, e procura desafivelar o cinto que Sabino usava por baixo da camisa, carregado de dinheiro.*]

LAMPIÃO *(para Maria Bonita.)*

— Era ele ou eu... E se eu não sou ligeiro...

[Ri.]

— Mas o cabra esmorecido ainda pode atirar!

[Para Volta-Seca.]

— Me dá o papo-de-ema, menino, deixa ver quanto é que tem!

[Volta-Seca, ainda de joelhos, passa-lhe o cinto. Lampião põe--se a tirar as notas, metodicamente. O menino de novo se curva sobre o morto, arranca-lhe um anel, que enfia furtivamente no próprio dedo, olhando de soslaio o padrinho, ocupado com o dinheiro. Ponto-Fino, que, depois de constatar a morte de Sabino, recuara, chegando até onde está Pai-Velho, mantém-se imóvel, tomado de choque — e também de medo.

Maria Bonita recua lentamente, de costas, com os olhos pregados em Lampião, com expressão de pasmo e terror.]

PANO

QUARTO QUADRO

CENA I

Mesmo cenário, tempos depois. Mas está tudo desmantelado, a latada meio derruída, na trempe os tições apagados. É pleno verão, não há um traço de verde, só a caatinga cinzenta.

São umas duas horas da tarde. Quando o pano se ergue, o palco está deserto. Ouve-se, bem claro, um pio de ave. De repente, escuta-se o tropel de pés a caminhar rápido, vozes em surdina, o tinir de armas. E, pela vereda que vem da esquerda, aparecem em fila Ponto-Fino, Lampião, Maria Bonita, Pai-Velho, Moderno. Eles caminham em passo elástico, estão sujos, cobertos de pó; Moderno vem ferido, com um lenço manchado de sangue a lhe atar a cabeça. Todos têm rasgões na roupa. Maria Bonita está com os cabelos despenteados, traz na mão o grande chapéu de feltro com a fita ornada de medalhas.

Os outros, apesar do desalinho, vêm, é claro, armados até os dentes.

PONTO-FINO *(que caminha à frente, olha para todos os lados, faz sinal aos outros de que se podem aproximar.)*

— Está tudo quieto.

[*Pai-Velho curva-se, quase farejando o chão, como um cachorro.*]

LAMPIÃO

— Rastreia alguma coisa, Pai-Velho?

PAI-VELHO

— Não senhor, capitão. Nem aqui nem no caminho tem rastro de animal ou de pessoa estranha.

[*Passa o dedo por um sinal do chão.*]

— Pode ter passado aqui alguma onça, ou outro bicho brabo, atrás de lamber a cinza... Assim mesmo, já faz tempo...

LAMPIÃO *(adianta-se num ar furtivo, não de medo, mas de cautela e tensão, como animal bravo que pressente perigo.)*

— Se eles derem com a gente aqui; só nos fica restando mesmo a grota do Angico...

MARIA BONITA *(atira-se num dos cepos, exausta.)*

— Deus que me defenda. Tenho um medo desesperado daquele grotão. Parece a boca do inferno.

LAMPIÃO *(estirando-se no chão ao lado da mulher.)*

— Mas ali é a minha derradeira segurança. Perto do rio, longe de povoado. Casa de coiteiro é bom, mas acaba conhecida. Ou ele fala, ou começa a gastar, e no fim se descobre. A grota do Angico ninguém nem sabe onde é.

PAI-VELHO

— Fora o coiteiro, o Pedro Cândido.

PONTO-FINO

— Antes que fale, a gente dá cabo dele. Como se fazia no tempo do cativeiro, com negro que ajudava a enterrar tesouro: matava o negro, e enterrava por cima do baú...

[*Ri.*]

MARIA BONITA

— A mãe de Pedro Cândido me disse que o sonho dele neste mundo é ser cabra de Lampião...

[*Enquanto conversam, todos se atiram no chão, esgotados. Maria Bonita desata da cinta um cantil de soldado, e bebe devagar, diretamente da boca da vasilha. Lampião espera um momento que ela mate a sede, depois lhe toma o cantil e bebe por sua vez. Pai-Velho desarrolha lentamente uma cabaça de pescoço e bebe. Desta vez os cangaceiros estão mais ou menos agrupados sem distinção de hierarquia; exceto Moderno, que, à boca da vereda, se pusera de sentinela a um gesto de Lampião, quando entraram. Pai-Velho, depois de beber, se levanta, vai até onde está Moderno e lhe oferece a cabaça.*]

PONTO-FINO *(continuando a conversa.)*

— Eu, da grota não tenho medo. Tenho medo é da viagem. Fazer na sola da apragata as vinte e sete léguas que tem daqui até lá!

[*Senta-se no chão e começa a desamarrar um lenço de seda que lhe prende o tornozelo.*]

— Ai, quem havia de dizer que o amarelo do sargento Calu nos dava semelhante carreira!

[*Examina a perna, suspira.*]

MARIA BONITA *(displicentemente, sem se mover de onde está.)*

— O sangue parou?

PONTO-FINO *(amarra novamente o tornozelo.)*

— Parou, graças a Deus.

[*Estira-se no chão, corre os olhos pelos companheiros, como se os contasse.*]

— Vejam só a que está reduzido o bando do Imperador do Sertão: quatro homens e uma mulher, e nem ao menos um jumento para servir de cargueiro.

LAMPIÃO

— Ora, dê graças a Deus por ter saído com a vida...

PAI-VELHO *(irônico.)*

— E cargueiro pra carregar o quê?

MODERNO *(que mantém a sua sentinela um pouco descuidadosamente, encosta o rifle na curva do braço e remexe no embornal.)*

— Vocês têm alguma coisa no embornal? O meu está seco. Só trago um frasco de cheiro que tomamos daquele mascate.

PONTO-FINO

— Que diferença do tempo em que a gente carregava loja inteira — peça de seda, caixa de extrato, sapato branco do bico fino...

[*Procura também no seu embornal.*]

— Eu ainda tenho um pedaço velho de carne seca...

PAI-VELHO

— Pois eu já sou mais prevenido. Espie só se vou atrás de vidro de cheiro!

PONTO-FINO

— Também, quem é que vai cheirar um gambá velho desses...

[*Os outros riem.*]

PAI-VELHO *(irritado.)*

— Você pode pensar que é príncipe, por ser de sangue real, porém respeite os mais velhos. Se lembre de que você ainda não era nascido e eu já tinha toda a polícia da Paraíba atrás de mim!

[Ponto-Fino, imediatamente em guarda, assume uma atitude insolente; mas intervém Maria Bonita, conciliadora.]

MARIA BONITA

— Se acalme, Pai-Velho. Ezequiel falou de brincadeira.

MODERNO *(do seu posto.)*

— Ezequiel podia tomar mais tenência. Brincadeira de homem cheira a defunto.

PONTO-FINO *(insolente.)*

— Ora, lá vem o beato Moderno, pregando santa missão!

MODERNO

— Teu irmão Antônio Ferreira também não se dava ao respeito, nem tomava conselho de ninguém...

PONTO-FINO *(fica de pé, encaminha-se para Moderno.)*

— Moderno, você não pense, só porque é meu cunhado...

MARIA BONITA *(levanta-se também, coloca-se entre os dois e indica com gesto Lampião, absorto.)*

— Tenham modo, gente! Ainda acham pouco? Querem aperrear mais o homem?

[Dirige-se a Pai-Velho, que voltava a examinar o farnel.]

— Afinal, que é que o senhor tem aí, Pai-Velho?

PAI-VELHO

— Tem obra de uma cuia de farinha, uma rapadura e uma latinha de pó de café.

MARIA BONITA *(olha em torno de si com ar de fadiga. Torna a sentar-se.)*

— Se me arranjassem uns garranchos de lenha, eu podia fazer um café.

PONTO-FINO

— Eu vou caçar a lenha.

[*Durante este diálogo, Lampião se conserva distraído; está sentado no cepo, à esquerda, um pouco afastado dos outros, cabeça baixa, a morder os beiços, mergulhado numa preocupação severa. Ponto-Fino sai, Pai-Velho tira a comida do alforje (a farinha num saco de pano, a rapadura embrulhada em jornal, uma latinha com o café). Maria Bonita levanta-se, remexe ao pé dos esteios da latada, encontra uma vassoura de garranchos, e põe-se a varrer a cinza entre as pedras da trempe. Depois apanha a velha chocolateira, negra de fogo, que ficou no acampamento, pendurada a uma das pontas da forquilha. A moça se dirige a Pai-Velho.*]

MARIA BONITA

— Pai-Velho, que água o senhor tem aí nessa cabaça?

PAI-VELHO *(sacode a cabaça junto do ouvido.)*

— Eh, dona... já está maneira, maneira! Não dará mais nem duas sedes d'água...

MODERNO

— A cacimba do Carcará fica bem ali.

PAI-VELHO

— Se já não estiver seca.

MODERNO

— Qual! Aquilo só seca ao depois de novembro.

MARIA-BONITA

— Pois é bom alguém tratar de arranjar água. Se a gente mata a sede, aguenta a fome muitos dias.

MODERNO

— Deixe estar que eu vou. Pai-Velho, quer me emprestar a cabaça?

MARIA BONITA

— Espere aí.

[*Toma a cabaça das mãos de Pai-Velho, despeja-lhe a água na chocolateira, e passa a vasilha a Moderno, juntamente com o seu cantil.*]

MODERNO

— O diabo não é a viagem, é a vasilha. Isto aqui não dá para nada.

PAI-VELHO *(levantando-se.)*

— Acho que detrás dessas moitas aquele menino deixou uma cabaça grande, da outra vez... Estava meio rachada, mas ainda aguenta.

[*Procura no fundo, entre as moitas de garranchos secos. Descobre a cabaça, que é bem grande, leva-a a Moderno.*]

— Pode ir, compadre Virgínio, que eu fico no seu lugar, pastorando o caminho.

[*Moderno adianta-se pela vereda, espia cauteloso, dá os primeiros passos, quando de repente Lampião parece despertar da sua cisma e solta um grito irado.*]

LAMPIÃO

— Ei! Que invenção é essa de sair sem ordem minha? Vai fugido?

MARIA BONITA

— Fui eu que mandei o compadre Virgínio buscar água no Carcará.

LAMPIÃO

— E quando é que você começou a dar ordens aos homens, em lugar do capitão?

MARIA BONITA *(irritada.)*

— Não tem mais água. Quer que a gente morra de sede? Pai-Velho disse que ficava botando sentido, no lugar dele.

LAMPIÃO *(com um gesto, manda o homem embora.)*

— Está bem, vá. Mas ande ligeiro. E cuide em não deixar rastro apontando para cá.

MODERNO

— Eu vou por cima das pedras.

[*Sai.*]

LAMPIÃO *(olhando Pai-Velho a dar sentinela.)*

— Sim senhor, é como dizia Ezequiel ainda agora: a bem dizer não resta nada do bando de Lampião.

LAMPIÃO

Se o compadre Virgínio não volta, fico com uma mulher e dois homens. [*Olha em torno, subitamente.*]

— E cadê Ezequiel?

MARIA BONITA

— Foi apanhar lenha.

LAMPIÃO *(tira o chapéu, desafivela os talabartes, desata o lenço do pescoço, entreabre a blusa e, com o lenço que tirou, esfrega o rosto, o pescoço, enxugando-os do suor, limpando-os da poeira. Acabada a rápida higiene, tira o relógio do bolsinho das calças, olha as horas, sacode o relógio junto do ouvido.)*

— Acho que esse troço parou. Com aquela correria desesperada, deixei passar a hora da minha oração do meio-dia.

[*Levanta a vista para o sol.*]

— Há de ser bem duas horas.

[*Dá corda no relógio.*]

— Assim mesmo... O mais certo é não zangar o santo.

[*Vira-se para Maria Bonita.*]

— Como é que você não me lembrou?

MARIA BONITA

— Sabia lá de hora! Me dissessem que era meio-dia ou meia-noite, eu acreditava.

LAMPIÃO *(ajoelha, faz o pelo-sinal, põe as mãos, reza uma oração rápida. Apanha o chapéu, beija uma medalha que há nele, benze-se novamente, levanta-se. Fala com Maria Bonita.)*

— E você, não reza?

MARIA BONITA

— Já rezei. Acho que nunca rezei tanto em vida minha. Era correndo e rezando, me encomendando com tudo quanto há de santo.

[*Pausa.*]

— Só gosto de tiro pela frente. Tenho horror de tiro atrás de mim.

LAMPIÃO *(faz a conta nos dedos.)*

— Jacaré, Braúna, Passo-Preto, Zabelê, Serra-Umã... morreu tudo.

MARIA BONITA

— E Guará?

LAMPIÃO

— Acho que esticou também. Mas não vi direito, só o sangue escorrendo de cabeça abaixo.

MARIA BONITA

— Com ele, faz seis. E com Volta-Seca, inteira os sete.

LAMPIÃO

— Dos outros não me importo. Cabra, pra mim, é como pau de porteira. Vai-se um, bota-se outro. Mas aquele menino tinha futuro.

MARIA BONITA

— Será que já liquidaram com ele?

LAMPIÃO

— Só Deus sabe. "Macaco" da Bahia é tão ruim quanto os de Alagoas. Se metem aí por um caminho deserto, dizem que o menino resistiu à prisão e comem ele de bala.

[*Ouve-se uma detonação distante.*]

PAI-VELHO *(pondo-se de pé.)*

— Capitão! Acho que é tiro!

LAMPIÃO *(salta de pé também.)*

— Será que o Moderno esbarrou com alguém?

PAI-VELHO

— Mas antes é aquele menino Ezequiel, atirando em alguma rolinha. Parece da arma dele.

LAMPIÃO

— Aquilo é doido! Aquilo é menino desesperado! Ainda me chama os "macacos" para cá!

[*Apura o ouvido. Escuta-se outra detonação.*]

— É. É tiro.

[*Apanha o fuzil que deitara no chão e avança para o mato, meio curvo, no seu passo de gato, e faz sinal com a mão, chamando Pai-Velho.*]

— Vamos ver o que é, Pai-Velho.

[*Saem os dois. Passa-se um momento largo, durante o qual Maria Bonita está sozinha em cena, visivelmente apreensiva. Fica escutando tensamente. Pouco depois aparece Ponto-Fino, risonho, correndo, com um feixe de gravetos debaixo do braço e um pássaro morto na mão.*]

PONTO-FINO

— Foi só um gavião. Nem sei se a gente come isso.

MARIA BONITA

— Então era você mesmo! Seu irmão saiu afobado, por aí, atrás dos tiros.

PONTO-FINO *(joga a lenha ao pé da trempe e ri.)*

— Está aí a lenha. Então ele saiu em procura dos tiros?

[*Ri novamente, senta-se no chão perto de Maria Bonita, que começa a quebrar os gravetos, procurando acender fogo.*]

— Aquele meu irmão acaba tomando susto até com o miado dum gato novo...

MARIA BONITA *(voltando-se para Ponto-Fino.)*

— Tem fósforo aí, Ponto-Fino?

PONTO-FINO *(dá-lhe os fósforos. Ela não consegue acender o fogo, gasta dois, três fósforos, inutilmente. Ponto-Fino se acocora ao seu lado.)*

— Deixe estar que eu acendo, senão você acaba com os fósforos.

[*Os dois juntos acendem o fogo; depois, enquanto Maria Bonita, com a faca que tirou do cinto, raspa a rapadura para adoçar a água do café, Ponto-Fino continua acocorado, a olhá-la. De súbito, ele estende a mão até os ombros dela. Maria Bonita encolhe-se, como assustada.*]

PONTO-FINO

— Sua blusa se rasgou...

[*Afasta um pouco o pano da gola.*]

— E até arranhou a pele...

LAMPIÃO

MARIA BONITA

— Qual de nós que não arranhou a pele? E ainda se agradece a Deus por escapar com a triste vida.

PONTO-FINO *(passa-lhe a mão pelo cabelo.)*

— O cabelo maltratado... sujo de terra... Cadê aquele cabelo bonito, lustroso de banha de cheiro?

MARIA BONITA *(afastando-se.)*

— Me larga, Ezequiel.

EZEQUIEL *(recolhe a mão, reclina-se sobre o cotovelo, estira as pernas, cantarola rindo.)*

— "A mulher de Lampião

É bonita natureza;

Bota ruge e bota pó,

Fica o suco da beleza!"

[Passa o dedo pela face da mulher.]

— Cadê o ruge, Maria?

[Ri.]

— Minha gente, venham ver a mulher de Lampião!

MARIA BONITA *(que ainda está ajoelhada junto ao fogo, gira sobre os joelhos, encara-o, com a faca na mão.)*

— Não facilite comigo, rapaz. Você debocha de todo o mundo, até de seu irmão. Mas comigo, tenha cuidado...

PONTO-FINO *(segura-lhe o pulso da mão que detém a faca, chega o rosto junto ao dela.)*

— Não se zangue comigo, Maria, que eu não sou o culpado. É ele que lhe dá essa vida de cigano perseguido...

103

MARIA BONITA *(liberta o pulso com um movimento brusco.)*

— Eu levo esta vida porque quero. Fui eu que me ofereci a ele.

PONTO-FINO

— Quando eu for capitão deste bando, você vai ver...

MARIA BONITA

— Daqui para você chegar a capitão deste bando vai custar muito.

PONTO-FINO

— Quando eu for capitão do bando, te boto numa casa de telha e tijolo, na Rua do Juazeiro. Compro quadro do Coração de Jesus, cama de tela de arame, cadeira de balanço para você se balançar. Boto vinte negras na cozinha, dez negras servindo a mesa, e mais uma negrinha pequena, somente pra lhe abanar o calor...

[*Maria Bonita solta uma gargalhada.*]

PONTO-FINO *(sério.)*

— Não zombe. Você só vai andar na seda, sapato branco de salto alto, em cada dedo um anel, cordão de ouro de cinco voltas no pescoço, carregado de medalha...

MARIA BONITA

— Cordão de ouro, e anel de brilhante, e broche de pedra, tudo isso eu tenho até pra rebolar fora, se quiser. E corte de seda — naquele cargueiro que foi perdido a semana passada, você sabe que eu tinha mais de quinze...

LAMPIÃO

PONTO-FINO

— De que servia, se não lhe aproveitou? Você podia muito bem viver na sua boa casa, feito uma rainha. Não precisava nem de guarda-costas. Quem era o louco, dentro do Juazeiro, com ousadia pra mexer com a mulher de Lampião?

[*Ri.*]

— Era capaz até de virem lhe tomar a bênção, toda boca de noite, conforme faziam com o Padre Cícero...

MARIA BONITA

— Dobre a língua, Ezequiel! Não meta o nome de meu Padrinho nos seus disparates.

PONTO-FINO

— Mandava buscar um automóvel novo, na Fortaleza, só para você passear.

MARIA BONITA

— Felizmente não hei de estar mais viva nesse dia...

PONTO-FINO

— Por quê? Sua vida não é amarrada na dele. Vocês não nasceram gêmeos.

MARIA BONITA

— Minha vida não é amarrada na dele? É mais amarrada na dele do que se fosse inquirida com doze cordas.

PONTO-FINO

— Às vezes fico pensando se não era melhor que ele morresse sem saber, de traição. Porque, se morrer numa briga, é muito capaz de acabar com a sua vida, vendo que a hora dele já chegou.

MARIA BONITA

— Não é à toa que ele não se separa de um frasco de veneno? Vivo, ninguém o pega, e morto, me leva junto...

PONTO-FINO *(chegando-se bruscamente para ela.)*

— Você sabe que ele desconfia de nós dois?

MARIA BONITA

— Ele desconfia de mim com todo o mundo.

PONTO-FINO

— Mas comigo ainda é pior.

[*Ri.*]

— Pode ser que ele esteja adivinhando!

[*Pausa.*]

— Outro dia, em caminho, me deu um empurrão, quase me derruba, quando viu que eu estava botando o meu pé em cima do teu rastro.

MARIA BONITA

— Pois, então, tenha juízo. Já sabe como é: até com você, que é meu cunhado.

PONTO-FINO

— Cunhado? Não sou cunhado de ninguém. Ele não é seu dono, não lhe tem de papel passado; seu marido é outro e está vivo, se lembre!

LAMPIÃO

MARIA BONITA

— Deixe de conversar bobagem, Ezequiel. Quando foi que Lampião precisou de papel passado para ser dono do que ele quer?

[*Ri, amarga.*]

— Já faz muito em não se lembrar de me ferrar com o ferro dele!

PONTO-FINO

— Se aquele cego desgraçado botasse ferro quente em você...

MARIA BONITA

— Não precisa você se meter, Ezequiel. Entre nós dois você não cabe. Deixe estar que numa hora dessas eu sozinha sei fazer me respeitar.

PONTO-FINO

— Pode ser. Ele diante de você parece mesmo que não tem ação. Todo o mundo não diz que Lampião anda vivo e morto no rabo da sua saia?

Aparecem Lampião e Pai-Velho, saindo subitamente do caminho, como se quisessem surpreender os dois.

LAMPIÃO *(ainda está empunhando o fuzil, chega bem perto do irmão e da mulher, com uma ira assassina nos olhos. Fala para Ponto-Fino.)*

— Então era você, hem?

[*Empurra com o pé o gavião morto, que Ponto-Fino deixara no chão, perto do fogo.*]

— Pra que é que andou atirando? Para me fazer de besta, sair atrás dos tiros, enquanto você vinha correndo pra junto dela? Se levante daí, ande! Responda! Pra que é que andou atirando?

PONTO-FINO *(sua primeira atitude é receber as censuras do irmão, sem reagir.)*

— Não tinha o que se comer.

LAMPIÃO

— E você se esqueceu de que nós estamos com o sargento Calu na nossa pisada, seu doido?

PONTO-FINO *(pondo-se de pé e já começando a enfrentar o outro.)*

— Quem quiser tenha medo do sargento Calu. Eu não tenho.

LAMPIÃO

— Pois se não tem medo dele, devia ter medo de mim! Não sei onde estou que não te corto de relho!

PONTO-FINO *(insolente.)*

— Qual! Veja as minhas armas! Lampião só dá surra em cabra desarmado!

LAMPIÃO *(avançando para ele.)*

— O quê, cachorro? O quê, atrevido? Tu tens coragem de levantar a voz comigo?

PONTO-FINO

— Você deu fim a meus irmãos, porém comigo vai ser mais duro...

[Dando um passo à frente.]

— Já teve quem me dissesse que foi você mesmo que mandou balear o Antônio... Ao depois, liquidou ligeiro com os cabras, para que eles não contassem a história...

LAMPIÃO *(rosnando.)*

— Cala essa boca, desgraçado, moleque sem criação!...

PONTO-FINO *(quase gritando.)*

— E o Livino, nosso irmão Livino? Morreu dum tiro de "macaco"? Isso foi o que vocês disseram! Mas nunca no mundo ninguém viu quem atirou!

LAMPIÃO *(procurando acalmar-se.)*

— Ezequiel, se você diz mais uma palavra...

PONTO-FINO *(histérico, gritando.)*

— Que é que você me faz? Pensa que eu tenho medo? Tu só és capaz de fazer medo a velha, ladrão de moça donzela, gatuno de beira de estrada! Puxe o parabelo e atire em mim, se você é homem! Cego frouxo! Atire!

LAMPIÃO *(lentamente, em voz surda.)*

— Eu tenho tido paciência até demais. Te aguentei muito desaforo, enquanto foi só má-criação de menino... Mas na hora em que você se bota a homem, e se enfeita para os lados da Maria...

PONTO-FINO

— Pois atire! Atira nada! Tem medo que o sargento Calu escute os tiros!

LAMPIÃO *(larga o fuzil no chão e arranca da bainha a sua faca.)*

— Não, você não vai morrer de bala, como homem. Vai ser sangrado de faca, como um porco...

PONTO-FINO *(puxa também a sua faca.)*

— Pois é na faca mesmo que eu te pego, cego amaldiçoado!... É na faca!

[*Durante todo o diálogo, eles como que se esquentavam com as palavras. Todo duelo entre cangaceiros começa com essas escaramuças de insultos. Agora estão ambos com as lâminas nuas na mão, e a briga é travada em silêncio, pontuada apenas pela respiração arquejante dos dois. O duelo deve ser o mais realístico possível. É uma esgrima feroz, ambos exibem imensa agilidade, são dois gatos lutando. Maria Bonita e Pai-Velho a princípio ficam de parte, apavorados. Depois, à medida que o duelo se enfurece, Pai-Velho aproxima-se, procura apartar os contendores, mas tanto um como o outro se voltam contra ele e o ameaçam, feito dois cães contra um terceiro que procure entrar na briga. Maria Bonita acompanha ansiosamente a luta, estendendo as mãos, como querendo interferir também, sem o ousar. Ambos os adversários começam a escorrer sangue de ferimentos leves. Pai-Velho, à nova interferência, leva um golpe no braço.*]

PONTO-FINO *(gritando.)*

— Se afaste, Pai-Velho, se não quer morrer também!

PAI-VELHO

— Capitão, pelo amor de Deus! Capitão, se lembre de que é o seu sangue! Por alma de seu pai e sua mãe, capitão!

[*Mais uns segundos de luta.*]

MARIA BONITA *(chorando, aos gritos.)*

— Sangue de Caim, é o que vocês todos têm! Sangue amaldiçoado, pior que bicho bruto!

LAMPIÃO *(olha-a rapidamente e fala, arquejante da luta.)*

— Defende a ele, defende!

[*Consegue apanhar Ponto-Fino distraído, que também se virara para a mulher, e grita súbito.*]

— É agora, cabra!

[*Ponto-Fino cai, ferido no peito. Pai-Velho corre, ampara-o. Maria Bonita mete-se entre o velho e Lampião, que já se curvava sobre o irmão ferido, a lâmina ainda à vista.*]

MARIA BONITA *(para Lampião.)*

— Chega, já matou, quer agora beber o sangue?

[*Lampião recua, arquejante, exausto.*]

PAI-VELHO *(debruçado sobre o rapaz.)*

— Está gemendo ainda...

MARIA BONITA *(agarrada aos braços de Lampião.)*

— Acende uma vela, Pai-Velho, acende uma vela! Não deixa que ele morra sem uma vela na mão!

PAI-VELHO *(desabotoa a roupa de Ponto-Fino, tateia a ferida.)*

— O sangue é demais... mas parece que o ferro não furou muito fundo...

[*Volta a examinar melhor.*]

— ... a costela atrapalhou...

MARIA BONITA *(histericamente.)*

— Bota a vela na mão dele, Pai-Velho! Não deixa um cristão morrer sem a luz de Deus!

[*Precipita-se para o ferido, mas Lampião, que até então estivera imóvel, segura-a.*]

LAMPIÃO

— Deixa ele, Maria.

[*Consegue detê-la um momento, porém Maria Bonita se desvencilha, corre ao alforje, apanha fósforos e uma vela, acende-a com as mãos trêmulas. Lampião caminha até à mulher, arrebata-lhe a vela, aproxima-se ele próprio de Pai-Velho e lhe oferece a vela, que o outro debruçado sobre o ferido, não enxerga. Entra Moderno, carregando a cabaça d'água.*]

MODERNO (*vendo a cena, assustado.*)

— Que foi isso? O pessoal do Calu pegou o menino?

[*Ninguém lhe responde. Por fim, Pai-Velho ergue os olhos, avista Moderno, pergunta.*]

PAI-VELHO

— Trouxe a água, compadre?

[*Moderno acena que sim.*]

PAI-VELHO

— Então me dê um golezinho, para ver se ele toma.

[*Moderno se ajoelha ao lado de Pai-Velho, destampa a cabaça da sua rolha de sabugo. Lampião continua imóvel, com a vela acesa na mão. Maria Bonita, em passos lentos, aproxima-se do ferido. A cena escurece.*]

CENA II

As luzes se apagaram, novamente indicando a passagem de horas. É alta noite, o cenário, os personagens, os mesmos. Há um clarão baço de lua, um fogo aceso. Ponto-Fino, deitado no chão, numa cama improvisada, arqueja com a respiração estertorosa.

Moderno e Lampião fazem sentinela. Moderno, sentado, cochila, o rosto encostado ao cano do rifle. Lampião passeia e de vez em quando se detém, perscrutando a noite.

Maria Bonita está de pé junto do fogo, com uma lata na mão; aproxima-se de Pai-Velho, e lhe oferece a vasilha com remédio para o doente. O velho entretanto não vê o gesto dela e comenta:

PAI-VELHO

— A espuma vermelha não apareceu mais na boca. Acho que, se o ferro pegou no bofe, só fez arranhar por cima.

MARIA BONITA

— Pelo menos ele agora já está respirando mais igual, sem aquela ânsia... Teve uma hora em que pensei que era o cirro da morte.

PAI-VELHO

— Qual, o cirro da morte é seco, e diferente; é a bem dizer a alma rasgando tudo, lá dentro, em procura de uma saída.

[*Pausa.*]

— A mezinha já esfriou?

MARIA BONITA

— Já. Não deixei ferver. Não vê que estou segurando a vasilha com a minha mão?

PAI-VELHO

— Pois dê cá.

[*Maria Bonita lhe passa às mãos a lata. Pai-Velho arranca um trapo do peito do enfermo, molha-o no remédio e põe a compressa úmida sobre a ferida.*]

PAI-VELHO

— Agora vamos ver se ele engole um bocadinho. Me alcance a colher, por seu favor.

[*Maria Bonita vai apanhar a colher entre os trens da cozinha, na beira do fogo. Pai-Velho tenta dar o remédio a Ponto-Fino, mas aparentemente não o consegue fazer engolir. Maria Bonita procura ajudar. Lampião, enquanto isso, continua a andar, dum lado para o outro. A um cochilo mais forte de Moderno, volta-se, sacode-o.*]

LAMPIÃO

— Compadre Virgínio!

MODERNO *(despertando, assustado.)*

— Senhor? Que foi?

LAMPIÃO

— Ou bem você dorme, ou bem dá sentinela.

MODERNO *(encabulado.)*

— É... acho mesmo que peguei no sono.

LAMPIÃO

— Vá lá para perto do fogo. Deixe estar que eu fico aqui.

MODERNO *(espreguiça-se.)*

— É um enfado medonho! Também, com hoje já são três noites que a gente não estira o corpo...

LAMPIÃO

— Pois vá estirar o diabo desse couro. Com Ezequiel doente, agora só me restam Pai-Velho e você. E amanhã pode ter dança.

[Pausa.]

— Ou, quem sabe, até agora mesmo.

[Moderno levanta-se, caminha sonolento em direção ao grupo formado por Maria Bonita, Pai-Velho e o moço ferido.]

MODERNO *(em voz baixa, a Pai-Velho.)*

— Ele vai melhor?

PAI-VELHO

— Sabe Deus... Já era pra ter morrido. Este menino parece que tem a alma presa.

[Moderno se chega mais, curva o rosto sobre o paciente, fica um momento a olhá-lo, toca-lhe a testa com as costas da mão, murmura.]

MODERNO

— Está se cozinhando de febre.

PAI-VELHO

— Natural. Não está ferido? Deixe o menino quieto.

[Moderno, anda alguns passos, procura um lugar no chão e deita-se, com o rifle entre os braços, feito mãe com filho. Puxa o chapéu para o rosto e procura dormir.]

LAMPIÃO *(chama à meia-voz, mas audivelmente.)*

— Maria!

MARIA BONITA *(sem se mexer de onde está.)*

— Que é?

LAMPIÃO

— Chegue aqui.

MARIA BONITA *(aproxima-se dele com evidente má vontade.)*

— Que foi?

LAMPIÃO

— Sente aqui.

[*Senta-se ele próprio num dos cepos.*]

MARIA BONITA *(ainda de pé.)*

— Para quê? Tenho que ajudar Pai-Velho.

LAMPIÃO

— Já chega. Deixa o Pai-Velho, que ele sabe. Senta aqui.

[*Maria Bonita obedece e senta-se no chão, aos pés dele. Lampião baixa os olhos longamente para a mulher.*]

LAMPIÃO

— Está com medo de mim, ou está com raiva?

MARIA BONITA *(taciturna.)*

— Todos os dois.

LAMPIÃO

— Vai ver, o menino escapa.

MARIA BONITA

— Você parece que não se lembra de que é seu irmão.

LAMPIÃO

— E por acaso ele se lembrou de que eu era irmão dele?

MARIA BONITA

— Má-criação de menino se corrige com açoite, não é com ponta de faca.

LAMPIÃO

—Junto de você, ele se sentia um homem, e não um menino.

MARIA BONITA

— Não levante falso a quem está às portas da morte.

LAMPIÃO

— Não estou levantando falso. Você bem sabe que o interesse dele era me ver morto. Pensa que eu não entendi? Que eu, morto, era tudo para ele. Pegava a minha fama, o dinheiro que eu trago, os meus ouros, a minha oração forte. Até você era dele.

MARIA BONITA

— Não sou cachorro perdigueiro nem cavalo de sela pra me ganharem numa briga. Você ou ele, eu acompanho a quem quero.

LAMPIÃO *(pega-lhe o braço.)*

— Você acompanha é o anjo da morte, se disser uma coisa dessas outra vez.

MARIA BONITA *(liberta o braço.)*

— Me solta.

[*Pausa. Ouve-se bem clara a respiração estertorosa do rapaz doente.*]

— Isso me dá uma agonia!

[*Irritada, voltando o rosto para Lampião.*]

— Pra que ficar botando sentinela aí, de olho duro? Tem medo que o sargento Calu nos rastreie até aqui?

LAMPIÃO

— Medo? Tenho a bem dizer certeza.

[*Levanta-se, inquieto, procura escutar.*]

— Por ora está tudo calmo. Mas sinto no cheiro do ar que tem "macaco" atrás de nós.

MARIA BONITA

— E se eles chegam?

LAMPIÃO

— Se eles chegam, é morte certa. Caso não dê tempo da gente fugir.

[*Pausa.*]

— O que mais me aperreia é ficar aqui parado, esperando por eles. Se tivesse para onde ir, o diabo é quem ficava neste carrasco. Me danava por esse mundo.

MARIA BONITA

— Sozinho?

LAMPIÃO

— Por ora tenho o compadre Virgínio e Pai-Velho. E saindo por aí, agarro uns cavalos numa fazenda, e cabra é o que não falta. Anda tudo louco por se meter no cangaço. Eu, sozinho, junto mais recruta que o sorteio militar...

[*Ri.*]

MARIA BONITA

— Mas, e arma para esses homens?

LAMPIÃO

— Ora, arma! Quem tem dinheiro tem arma. Você sabe que eu tenho adquirido arma até em mão de soldado.

MARIA BONITA

— Pois eu já não sei. Não tenho mais fé em nada. Nem esperança. Pra mim o castigo já está chegando.

LAMPIÃO

— Castigo? Por quê? Pra quem?

MARIA BONITA

— Pra você. Pra nós. É o sangue inocente que está pedindo vingança.

LAMPIÃO

— Se do céu desce castigo — eu é que sou o castigo. Sou eu que vim castigar.

MARIA BONITA

— Quanta vez eu já não lhe pedi que não tente a Deus?

LAMPIÃO

— E eu quantas vezes não lhe pedi que não agoure? Pra que falar em castigo? Você sabe que eu só mato os meus inimigos.

MARIA BONITA

— Deus que me perdoe! E as moças donzelas a quem você mais seus cabras fizeram mal, e as casas em que já tocaram fogo? E o povo da Capela, que nunca foi seu inimigo, e a pobre daquela rapariga no Carolino? Sem falar naquela velha que vocês ensoparam de gás e viraram numa tocha... Nenhum desses era seu inimigo.

LAMPIÃO

— As moças eram umas sem-vergonhas de pescoço raspado — de donzela só tinham o nome. E a velha — me admiro você vir falar na velha! Bruxa desgra-çada, me vendeu à polícia por quinhentos mil-réis, botou veneno no meu conhaque.

MARIA BONITA

— E o povo da Capela?

LAMPIÃO

— O povo da Capela mandou o telegrafista bater chamado para o Sergipe, convocando soldado pra me atacar! Peguei tudo de surpresa, e como sempre acontece na minha vida — ou eram eles, ou eu.

MARIA BONITA

— Eu já não digo mais nada. De mil que eu me lembrasse, você arranjava sempre um bom motivo. Está bem, os outros, os estranhos, vá lá. Mas seus próprios irmãos!

LAMPIÃO *(em voz baixa, perigosa.)*

— Maria, será que você também se virou contra mim?

[Maria Bonita baixa a cabeça, obstinada.]

— Não defenda mais esse menino, que o sangue já está me subindo. Pensa que eu não via os olhos que ele lhe botava — e às vezes os olhos que você botava nele?

MARIA BONITA *(abana a cabeça.)*

— Não é de hoje que eu penso: você perdeu o juízo.

LAMPIÃO

— Podia ter perdido, não me admirava. Vejo todo o mundo me traindo, me iludindo, procurando jeito de me largar — quem sabe? Me entregar ao governo. Meus coiteiros já se atrevem a dar desculpa — até meus cabras me enfrentam, até meus irmãos!

[Baixa os olhos para ela.]

— Até minha mulher.

MARIA BONITA

— Deus que me mande pro inferno, neste instante mesmo...

LAMPIÃO *(sem a escutar)*

— Mas está todo mundo enganado. Lampião não se acabou. A guerra é como a água do mar: ela vai e ela vem. Cuidado com a maré de Lampião quando subir outra vez! Eu agora ando corrido, sozinho, enfurnado nesta caatinga... Mas esperem pelo dia de amanhã! Lampião não é os seus cabras, nem coiteiro, nem ninguém. Lampião é só ele! Lampião é isto!

[*Bate no peito.*]

— E isto

[*Bate nas armas.*]

[*Maria Bonita cruza os braços no peito e fica de cabeça baixa, em silêncio. Lampião se levanta, recomeça o seu passear inquieto pelo palco — mas sempre afastado do irmão. De repente para, apura o ouvido. Chega-se mais à borda do acampamento, torna a escutar. Fala.*]

LAMPIÃO

— Parece que escutei não sei o quê.

[*Maria Bonita por sua vez escuta.*]

LAMPIÃO

— Não ouviu nada, Maria?

[*Maria Bonita abana a cabeça — não ouviu.*]

LAMPIÃO

— Pai-Velho!

PAI-VELHO

— Senhor?

LAMPIÃO

— Vigie se escuta alguma coisa.

[*Pai-Velho baixa a cabeça até quase encostá-la na terra. Um momento silencioso, tenso.*]

PAI-VELHO

— Pode ser.

LAMPIÃO *(inquieto, irritado.)*

— Eu sabia! Tem "macaco" na nossa pisada.

LAMPIÃO

[*Chega perto de Moderno, sacode-o.*]

— Compadre Virgínio!

[*Moderno desperta imediatamente, põe-se de pé num salto.*]

MODERNO

— Que foi?

LAMPIÃO

— Parece que vem gente pela estrada. Você saia por aí, vá se metendo por baixo das moitas, fique vigiando. Se vê que é "macaco" tomando chegada, atire logo, sem esperar sinal.

[*As falas, com o alerta, baixaram imediatamente de tom.*]

MODERNO

— Tá bom.

[*Sai, enfia-se na escuridão.*]

LAMPIÃO

— Escute de novo, Pai-Velho.

[*Pai-Velho põe-se novamente a escutar, com o ouvido na terra.*]

PAI-VELHO

— É. Estão vindo.

LAMPIÃO

— Cadê suas armas, Maria? Bote as suas armas e me dê o meu embornal.

MARIA BONITA

— Pra que embornal?

LAMPIÃO

— Você pensa que eu vou deixar que eles me cerquem? Mandei o compadre Virgínio ir na frente para me dar o sinal. Quando ele atirar, eu nem respondo o fogo, vou saindo.

MARIA BONITA

— E deixa o seu irmão aqui, morrendo?

LAMPIÃO

— Que é que eu hei de fazer? Não posso carregar com ele nas costas, posso? Nem vou me entregar por causa dele.

[*Volta-se para o velho.*]

— Pai-Velho, se arme, homem!

[*Pai-Velho obedece.*]

MARIA BONITA

— Podia ao menos deixar o Pai-Velho.

LAMPIÃO

— Pra quê? Mais um para o Calu matar? Você acha que ele deixava Pai-Velho ficar tratando de Ezequiel?

[*Escuta.*]

— Já agora, até eu escuto a bulha.

PAI-VELHO

— Me admira é o descuido com que eles vêm. Fazendo tropel, até parece cavalo desembestado. Não entendo isso.

LAMPIÃO

— Decerto não desconfiam que a gente está tão perto.

LAMPIÃO

PAI-VELHO

— No rasto eles não vêm, assim de noite, que não enxergam. Se andam atrás de nós, vêm com guia. Mas, para mim, estão mesmo é passando na estrada, sem dar pela gente.

[*Enquanto eles discutem, Maria Bonita arruma os seus trens, põe os embornais a tiracolo. Chega perto de Lampião, entrega-lhe os dele, que ele enfia, automaticamente. Em seguida ela se aproxima de Ponto-Fino, ajoelha-se junto ao moribundo, encosta-lhe a mão na testa.*]

LAMPIÃO *(volta-se de repente, dá com os olhos em Maria Bonita, fala, irritadíssimo.)*

— Pega nas tuas armas, já disse, Maria! Sai daí!

[*Fala com Pai-Velho.*]

— E o compadre Virgínio que não atira! Será mesmo que eles estão é passando? Nós, aqui, ficamos bem encobertos do caminho.

[*Maria Bonita levanta-se lentamente de junto do moribundo e fica de pé, também atenta, com o fuzil na mão.*]

LAMPIÃO

— Lá vem! Apaga o fogo, Pai-Velho!

[*Pai-Velho pisa o fogo, com a sola da alpargata. Lampião, de arma aperrada, vai recuando para o fundo do palco. Maria Bonita está ao seu lado. Ouve-se um tiro.*]

LAMPIÃO

— Não é tiro do compadre Virgínio!

PAI-VELHO

— Não, a arma dele é outra.

[*Os três recuam e se abrigam atrás da árvore.*]

— Mais parece tiro de aviso. Foi pro ar.

[*Escuta-se a aproximação descuidada de um bando de homens. Ouve-se até uma risada alta.*]

LAMPIÃO

— Qual! Estão passando. Só um exército tomava chegada com esse barulho todo.

PAI-VELHO

— São poucos.

LAMPIÃO

— Será que eles pegaram o Moderno?

[*Silêncio. Tensão. Uma voz grita de longe.*]

A VOZ

— É de paz!

MARIA BONITA *(adiantando-se, num alívio nervoso.)*

— A voz é do Corisco!

[*Aparecem quatro cangaceiros, com Corisco e Moderno à frente. Maria Bonita e Pai-Velho se adiantam para eles. Corisco avança e com o olhar procura Lampião, que ainda está ao abrigo da árvore. Maria Bonita indica ao recém-chegado, com um gesto, onde está o chefe. Os outros cabras, que não viram Lampião, avistam o vulto de Ponto-Fino estirado por terra e se aproximam, curiosos. Pai-Velho os acompanha. Falam à meia-voz.*]

1º CABRA

— Está morto?

PAI-VELHO

— Pouco falta.

2º CABRA

— Quem é?

3º CABRA

— Credo em cruz! É Ponto-Fino!

[*Enquanto os cabras rodeiam Ponto-Fino, Corisco e Moderno se aproximam de Lampião.*]

CORISCO

— Boa noite, capitão. Tive notícia do combate e ainda avistei de longe a poeira dos "macacos". Vim correndo lhe acudir. Trouxe estes meninos, que estavam comigo, e ainda deixei uns oito, de prevenção, na encruzilhada grande.

LAMPIÃO *(que recebeu o outro com frieza, abana verticalmente a cabeça enquanto escuta, depois corre a vista pelos homens que continuam a cercar Ponto-Fino, falando baixo, entre si.)*

— Que cabras são esses? Não conheço nenhum.

CORISCO

— Já estão comigo faz uns poucos meses. São meninos bons, determinados. Qualquer deles é capaz de me acompanhar até no inferno.

LAMPIÃO *(encara-o, brusco.)*

— E você, será capaz de me acompanhar a mim?

[*Não espera a resposta de Corisco, que ficou interdito; avança rapidamente até o grupo, grita de súbito.*]

— Boa noite!

[*Os cabras se voltam, surpresos; atentos ao doente, não tinham reparado na figura de Lampião, que até então estava fora do círculo de luz.*]

OS CABRAS *(sem se descobrirem, respondem vagamente.)*

— Boa noite!

[*Lampião surge em plena luz, parece que cresceu, tem a sua cara terrível dos maus momentos. Com a ponta do rifle, derruba o chapéu do homem mais próximo. O cabra vai saltar, revidar, mas encontra a arma apontada para si.*]

LAMPIÃO

— Quando Lampião dá boa noite, todo o mundo se descobre! Chapéu na mão, cabras! Lampião está aqui e está dando boa noite!

[*Os cabras recuam, lentamente tiram o chapéu; aquele a quem Lampião descobriu curva-se para o chão, apanha o chapéu de couro e saúda, por sua vez.*]

OS CABRAS

— Boa noite, capitão!

[*Corisco se mantém de parte, no local onde falou com Lampião. Maria Bonita pôs-se de pé, ao lado de Ezequiel, e sorri, olhando Lampião, que já baixou a arma e recebe a homenagem imóvel, estatuesco.*]

PANO

QUINTO QUADRO

A grota do Angico. É uma espécie de ravina, no leito seco de um riacho. Ao fundo, dois serrotes de pedra, que dão passagem angustiosa às águas, quando as há, e formam um abrigo natural. Para a frente, o leito arenoso do riacho se espraia, se alarga. E nesse trecho, protegido pelas pedras e por uma grande árvore com pouca folhagem, que se erguem as tendas dos cangaceiros. A dos cabras, ao fundo, mal se avista, encostada a uma das lapas de pedra. A de Lampião, logo à frente, à direita, está com a porta de pano levantada, mostrando o seu interior. É uma tenda militar, espaçosa; enxerga-se dentro uma cama de vento, uma máquina de costura, das de mão, em cima de um caixote de gasolina. Ao pé da cama, outro caixote serve de mesa de cabeceira; sobre ele há a faca de Virgulino, garrafas e pequenos objetos de toalete. Encostado a ele, o rifle de Lampião. Numa corda, atravessada ao canto da tenda, estão atirados um vestido estampado e um rico xale de seda. Pregado à lona, por sobre a cabeceira da cama, um retrato colorido do Padre Cícero, enfeitado com flores de papel.

É madrugada, todos dormem. Ouvem-se cantos de passarinho, um pio de seriema, longe. Na cama de vento dormem Maria Bonita e Lampião. Ela, encolhida, enrolada no cobertor.

Ele todo vestido, menos as alpargatas e as car-
tucheiras.

No acampamento dos cabras, ao fundo, o
silêncio é completo. Um cachorro ladra, a dis-
tância. Lampião mexe-se na cama; de repente
senta-se, põe os pés no chão, procura os óculos no
caixote, à cabeceira. Calça-se, levanta-se. Enfia
a faca na cinta.

Os movimentos dele despertam Maria Bo-
nita, que se estira, levanta a cabeça e indaga,
sonolenta:

MARIA BONITA

— Que é?

LAMPIÃO

— Nada. Fui eu que me levantei. Dorme.

[*Maria Bonita torna a se aninhar no cobertor. Lampião*
apanha de sobre o caixote a garrafa de cachaça, destapa-a,
cheira bem o conteúdo, põe a boca no gargalo, bochecha, cospe
fora o bochecho. Bebe então uns dois goles. Sai da tenda, espia
um instante o céu, apura o ouvido. Apanha no bolso uma
palha de milho, um pedaço de fumo, uma faquinha, põe-se a
fazer um cigarro. Fica um instante a fumar, andando, visivel-
mente impaciente. Afinal volta à tenda, cinge a cartucheira
da cintura, afivela o cinto, pega nas cartucheiras de tiracolo,
larga-as. Ao mexer nas coisas, faz ruído. Maria Bonita sen-
ta-se na cama.]

MARIA BONITA

— Que foi?

LAMPIÃO *(impaciente.)*

— Nada! Já não disse?

MARIA BONITA

— Você está inquieto. Que é que tem?

LAMPIÃO

— Não sei. Hoje espero o compadre Cristino. Há de ser isso.

MARIA BONITA *(está com um vestido leve de mangas curtas; tateia o chão em procura das chinelas, apanha um pente no caixote da cabeceira, alisa o cabelo.)*

— Tomara que venham, e a gente possa ir embora daqui. Tenho horror desta grota.

LAMPIÃO

— Não sei por quê. Afinal, nós arrumamos isto melhor do que muita casa. Até sua máquina de costura você tem.

MARIA BONITA

— Meu coração é que não gosta daqui. Sempre tive medo. É um lugar tão esquisito, tão fechado!

LAMPIÃO

— Por isso mesmo é que é bom.

[*Maria Bonita se põe de pé, sai da tenda, caminha até o pote, perto do tronco da árvore; enche um caneco de água, despejando a água com a mão direita, vai lavando o rosto. Depois bochecha, larga o caneco, vem enxugar o rosto no xale de seda que está pendurado à corda, na tenda. Enquanto executa isso tudo, conversa.*]

MARIA BONITA

— Quem foi chamar o Corisco?

LAMPIÃO

— Mandei um bilhete. Pelas minhas contas, foi entregue ontem, no mais tardar ao meio-dia. Talvez ele hoje amanheça aqui.

MARIA BONITA

— Manhã já é.

[*Olha o céu.*]

— A barra está levantando.

[*Olha na direção da tenda dos fundos, escuta.*]

— Mas a cabroeira ainda está a sono solto. Se a gente fosse a morte, pegava tudo dormindo.

LAMPIÃO

— Não faz mal. Tem duas sentinelas no caminho do rio. Qualquer coisa, eles dão sinal.

[*Enquanto fala, Lampião se senta em outro caixote, esse do lado de fora; fica fumando. Acabado um cigarro, faz outro. Maria Bonita movimenta-se, esfrega os braços com frio, caminha em direção às três pedras da trempe, protegidas pela árvore.*]

MARIA BONITA

— Está frio. Deixa-me fazer o fogo.

LAMPIÃO

— E se o compadre Cristino não vem?

MARIA BONITA *(mexe nas cinzas, sopra uma brasa ainda viva.)*

— Meu Deus, e ele havia de se atrever a não vir, depois de um chamado seu?

LAMPIÃO *(abana a cabeça, indeciso.)*

— Sei lá. Compadre Cristino foi outro que cresceu muito. Agora é o capitão Corisco, pensa que pode tratar Lampião de tão bom como tão bom. Também, se me servir desta vez, liquido com ele depois, tal e qual fiz com o Sabino.

MARIA BONITA *(soergue-se nos joelhos, encara Lampião, incrédula.)*

— Cruzes, Virgulino! Você ainda precisando do outro, e já preparando a traição!

LAMPIÃO

— O mal não é meu, é deles, que me botam a faca no peito. Tenho que escolher entre a vida dos outros e a minha. Se o Sabino fosse vivo, eu é que já andava nos ares carregado pelos urubus.

MARIA BONITA *(benze-se.)*

— Não diga uma palavra dessas!

LAMPIÃO

— Você vê, esses desgraçados me botam tanta paixão, que até me levam a falar em mal comigo mesmo.

[*Benze-se.*]

— Esconjuro o agouro.

[*Pausa.*]

MARIA BONITA

— E que acontece, se o Corisco desta vez não vier?

LAMPIÃO

— Triste dele. Hei de rastrear o cabra até no inferno, mas me paga. Se não for hoje, será amanhã.

MARIA BONITA

— Pra mim, você está pensando mal à toa. Corisco nunca lhe faltou. Não viu outro dia?

LAMPIÃO

— Até meus irmãos, que eram meu sangue, me faltaram.

MARIA BONITA

— Não fale nos seus irmãos!

LAMPIÃO

— Não tenho culpa da morte de nenhum. Pois se até Ezequiel...

MARIA BONITA *(interrompe-o.)*

— Não fale em Ezequiel!

LAMPIÃO

— Por quê? Não me dói a consciência. Posso dizer que Ezequiel se matou com as mãos dele. Quanto tempo eu aturei, ralhei — você não se lembra? E no fim, quem foi que saltou no terreiro me provocando?

MARIA BONITA

— Mas você podia ter tido pena. Afinal não passava de uma criança, um menino doido.

LAMPIÃO

— Qual, Maria, o que eu tenho sido, até agora, é bom demais. Quem sabe Ezequiel tinha razão, quando me chamava de frouxo! Mas doravante sou outro. Não tenho mais ninguém me atrapalhando — me livrei até da cabroeira antiga. Não tenho mais irmão que venha comer na minha cuia, dormir na minha rede. Não tem mais Sabino, de olho grande pra minha estrela. Boto os cabras a distância, quase não falo com eles; hoje, qualquer deles, quando olha pra mim, treme a perna e o beiço. E é isso que eu quero: quero, toda vez que Lampião falar com um homem — nem que seja um cabra dele — que o camarada baixe a vista, e conheça que não vale nada na minha frente.

[*Pausa.*]

— Aqui, no Angico, estou seguro; posso esperar. Daqui só me vou quando quiser. E quando sair, o povo há de conhecer quem é mesmo Lampião.

[*Enquanto conversa, Maria Bonita acende o fogo, traz lenha de um pequeno monte, põe água na vasilha para ferver, prepara a lata e o pano para coar o café.*]

MARIA BONITA

— Quer dizer que vai haver mais morte, mais inimigo, mais correria... Pois eu, de mim, já cansei de guerra e sangue. Já me enjoei de andar fugitiva, feito bicho bravo acuado pelos cachorros...

[*Com súbita vivacidade.*]

— Você já pensou, meu bem? Com todo esse dinheiro que traz aí... e mais o que deu a seu Padrinho para guardar... e mais aquele lenço cheio de joias que eu trago no embornal... Por que a gente não larga desta vida perigosa, não se afunda por esse mundo de meu Deus, lá onde ninguém nos conheça, onde nunca se tenha ouvido falar no nome de Lampião...

LAMPIÃO *(interrompe, ríspido.)*

— Acho que nem no reino de Portugal tem um lugar desses...

MARIA BONITA

— Há de ter, o mundo é grande. E a gente fica vivendo feito rico, muito bem de seu, em paz com tudo quanto é cristão!

LAMPIÃO

— Só mesmo ideia de mulher! E o que era feito da minha fama? Mesmo que eu achasse esse lugar, já pensou nas mentiras que os "macacos" iam espalhar? Que enxotaram Lampião do sertão dele, que Lampião fugiu com medo da polícia e se escondeu nas brenhas?

MARIA BONITA

— O que eu sei é que esta nossa vida não pode mais durar. Você mesmo vivia dizendo que a grota do Angico era nosso refúgio derradeiro. E agora estamos nele. Se ao menos o Padre Cícero não tem morrido!

LAMPIÃO *(faz o pelo sinal.)*

— Lá mesmo, na sua glória, ele ainda protege quem tem fé.

[*Pausa.*]

— Verdade que, certa vez, meu Padrinho me perguntou, com aquela fala mansa, botando a santa mão no meu ombro: "Meu filho, por que você não larga essa vida de pecado, não se aquieta num lugar, não cria uma família?" Naquela hora, eu beijei a mão dele e me ri. Hoje não me rio mais.

[*Pausa.*]

— Mas ainda é cedo. Deixa eu vencer esta campanha; deixa eu ficar podre de rico. Aí, junto um exército duns quinhentos caboclos, mando comprar data de terra lá para o estado de Goiás, adquiro armamento grosso, faço uma moenda de pólvora — compro até um aeroplano pra ficar botando sentido em quem vier de longe — e então sim! Vou criar gado de raça, plantar canavial, botar engenho de vapor; faço até uma igreja pra ter missa no domingo e novena todo dia.

MARIA BONITA

— Não tenho esperança de ver essa igreja.

LAMPIÃO *(passa-lhe a mão no cabelo.)*

— Bote o seu coração ao largo, Maria. Nessa sua vida comigo, afinal de contas, eu nunca lhe faltei.

[*Maria Bonita encosta a cabeça no ombro dele. Lampião continua a acariciá-la.*]

LAMPIÃO

— E é mais por sua causa que eu procuro ter grandeza. O meu gosto é ver você feito uma princesa, de braço comigo, todo o mundo lhe falando de chapéu na mão.

MARIA BONITA *(afasta-se, sacode a cabeça, levanta-se e vai olhar a água no fogo.)*

— Nosso fim há de ser outro.

LAMPIÃO

— Não agoura, Maria. Você sabe que eu tenho medo de agouro. Não vê que ainda esta noite sonhei com a finada minha mãe, muito calada, sem querer me botar a bênção, por causa dos meninos...

MARIA BONITA *(levanta-se, vê que a água já ferve, coa rapidamente o café; enche uma pequena tigela de louça, que apanhara antes com os outros utensílios, e vem trazê-la a Lampião.)*

— Tome o seu café.

[Lampião tira a colher de prata do bolso e mexe com ela o café. Maria Bonita vê o gesto e abana a cabeça. Lampião examina, como automaticamente, a colher de prata.]

MARIA BONITA *(irritada, como sempre, quando o vê fazer aquilo.)*

— Ainda está tão escuro que, mesmo se turvasse a colher, você não enxergava.

LAMPIÃO

— Sentia o cheiro.

MARIA BONITA

— O que eu não entendo é você levando essa vida, ainda ter medo da morte.

LAMPIÃO

— Não, da morte, não. Tenho medo é dum falso.

[Maria Bonita serve-se de café. Ouve-se um tiro, longe.]

LAMPIÃO *(põe-se em pé de um salto.)*

— Quando é que o compadre Cristino perde o diabo desse costume de tomar chegada dando tiro?

[Outros tiros, bem próximos.]

LAMPIÃO

MARIA BONITA *(alarmada.)*

— Será mesmo ele?

[*O silêncio da manhã é cortado por uma rajada de metralhadora. Uma voz grita do acampamento dos cabras.*]

A VOZ

— Cuidado, capitão, estamos cercados!

[*Lampião atira fora a tigela, salta para apanhar o fuzil, na tenda. Uma bala o atinge no rosto e ele cai, de bruços. Uma rajada de metralhadora varre o acampamento dos fundos; veem-se vultos dos cangaceiros que se levantam e tentam correr, às tontas, mas caem, fuzilados. Gritos, pragas, gemidos. Maria Bonita corre para Lampião, caído. Ele, ferido, tenta ajoelhar-se, e ela também se ajoelha ao lado dele, gritando.*]

MARIA BONITA

— Jesus da minh'alma!

[*Nova rajada, que dessa vez apanha os dois, Lampião que tenta se levantar, Maria Bonita que o ampara. Ambos caem, abraçados. Enquanto eles tombam, nova rajada.*]

[*Silêncio.*]

[*O palco fica um instante em silêncio, tudo absolutamente imóvel. Depois, devagarinho, apavorados, aparecem dois soldados — vestidos quase como os cangaceiros, e o Tenente, ferido, arrastando a perna sangrenta, com a metralhadora portátil debaixo do braço. O primeiro soldado se aproxima a medo dos corpos, curva-se sobre eles, mas não os toca, afasta-se vivamente.*]

O SOLDADO

— Seu tenente, o cego está morto.

[*O Tenente, por sua vez, se aproxima e olha. Segura o ombro de Maria Bonita, tira-a de sobre o peito de Lampião. Fica a olhá-los um instante. Por fim, volta-se para o soldado.*]

O TENENTE

— Trouxe o facão? E o sal?

[*O soldado baixa a cabeça, afirmativamente.*]

— Pois então corte as cabeças.

[*O soldado desprende o facão da cinta, e encaminha-se lentamente para os mortos.*]

PANO

ÍNDICE

Prefácio 5
Personagens 7
PRIMEIRO QUADRO 9
SEGUNDO QUADRO 31
   Cena I 33
   Cena II 55
TERCEIRO QUADRO 71
QUARTO QUADRO 89
   Cena I 91
   Cena II 113
QUINTO QUADRO 129

★

ÊSTE LIVRO FOI COMPOSTO E IMPRESSO
NAS OFICINAS DA EMPRÊSA GRÁFICA DA
"REVISTA DOS TRIBUNAIS" LTDA., À RUA
CONDE DE SARZEDAS, 38, SÃO PAULO,
PARA A
LIVRARIA *JOSÉ OLYMPIO* EDITORA,
RIO,
EM 1953

NOTA DA EDITORA

Após a leitura de *Lampião*, oferecemos especialmente a repercussão da edição do livro e das primeiras montagens da peça, com uma pequena amostra de notícias de jornal. Em nossa época de afunilamento da cobertura do jornalismo cultural e de escassez de resenhas, faz-nos sombra a maneira como o jornalismo dos anos 1950 dedicou atenção ao novo trabalho de Rachel de Queiroz. O interesse público não vinha apenas do apreço pela dramaturgia. Pode-se dizer que o assassinato de Lampião e de Maria Bonita, ocorrido em 1938 numa emboscada que vitimou outros nove companheiros, em Piranhas, no sertão de Alagoas, ainda era um acontecido recente quando esta peça foi escrita. Em 1940, foi a vez de Corisco, assassinado em Barra do Mendes, interior da Bahia, mesmo após o governo de Getúlio Vargas ter promulgado uma lei de anistia para os cangaceiros que se rendessem. Corisco não se rendeu. Jorge Amado fez menções a Lampião em *Capitães da Areia* (1937), mas foi nos anos 1950 que as representações do banditismo sertanejo se tornaram muito populares. Não por acaso, foi nessa época que Luiz Gonzaga, usando trajes que aludiam ao cangaço, se tornou um dos artistas mais famosos do país.

Lampião tornou-se assim um personagem incontível de nossa cultura. Um mito adverso entre a delinquência indômita e a resistência popular que nos fascina até hoje.

— Editora José Olympio
maio de 2024

"LAMPIÃO".

.O tema do cangaço está na moda. Depois do ·filme de Lima Barreto, aparece agora uma peça de Rachel de Queiroz. Intitula-se "Lampião". Em quatro quadros, a nossa grande escritora faz uma biografia do Capitão Virgolino, baseado em fatos que se não são autênticos andam pelo menos na bôca do povo.

Rachel de Queiroz, achou que devia primeiro publicar em livro a sua tentativa teatral. Chegou mesmo a recusar o convite de Paschoal Carlos Magno para encenar o "Lampião" no Teatro Duse.

— Nada disso. Não sei se escrevi uma peça. Primeiro, publico o livro. Depois, se vocês acharem que a coisa presta, que o transportem para o palco — respondeu resoluta a romancista de "O Quinze".

Coluna "Hora H" do Repórter X, *Última Hora*, Rio de Janeiro, 11 de agosto de 1953. Fundação Biblioteca Nacional – Brasil.

Nos anos 1950, a fama dos bandos de cangaceiros começou a inspirar novos produtos culturais. O filme *O cangaceiro* (1953), de Lima Barreto, foi um deles. Rachel de Queiroz colaborou com o roteiro, finalizando os diálogos. No mesmo ano, a autora entregou sua dramaturgia *Lampião* a José Olympio para ser editada. Nesta nota da *Última Hora*, vemos que era desejo de Rachel de Queiroz que o livro fosse feito antes de qualquer encenação. Após a recusa noticiada, ela aceitaria que a peça fosse montada no Teatro Duse.

RACHEL DE QUEIROZ E "LAMPIÃO"

Aguardado com o maior interesse e curiosidade pelo público e pela crítica, acaba finalmente de surgir, numa apresentação da Livraria José Olimpio Editora, o drama em cinco quadros de Rachel de Queiroz intitulado "Lampião". Dona de uma grande experiencia literaria e no apogeu de seus recursos tecnicos e artisticos de escritora, Rachel de Queiroz chega ao teatro sem hesitações e titubeios, como uma autentica veterana nesse genero de tão grandes responsabilidades. "Lampião", drama em cinco quadros, é a transposição para o palco de alguns episodios da vida do famoso cangaceiro nordestino, visto por Rachel de Queiroz em três momentos capitais de sua vida: no amor, no crime e na morte. A peça, entretanto, apesar da excelente documentação em que se apoiou a autora, não pretende ser um julgamento historico de Lampião nem se filia ao teatro de costumes. Rachel de Queiroz, antes de tudo, preocupou-se em fazer obra de arte literaria através de alguns retratos psicologicos de primeira ordem, o que conseguiu de maneira admiravel. Porque, estreando como veterana no genero, Rachel de Queiroz deu-nos em "Lampião" um grupo de personagens que roçam por vezes os limites da tragedia despida de artificios de situações ou de palavras, embora por isso mesmo mais significativas pela rusticidade ou primarismo de suas ações de criminosos envolvidos num turbilhão de sangue, amor e morte, e às vezes tocados de uma certa grandeza — a grandeza do mal.

Correio Paulistano, São Paulo, 27 de agosto de 1953.
Fundação Biblioteca Nacional – Brasil.

O lançamento de *Lampião* marcou a estreia de Rachel de Queiroz como dramaturga. Na revista *O Cruzeiro*, a autora contou que havia decidido adaptar a história de Lampião para o teatro depois de ver Sérgio Cardoso em cena. Ela havia reconhecido nele o seu protagonista. Mais tarde, Cardoso interpretaria Lampião em uma das primeiras montagens da peça. Nesta nota do *Correio Paulistano*, observamos a alta expectativa sobre a chegada de *Lampião* às livrarias.

TEATRO

A REALIDADE DO "TEATRO EXPERIMEN-TAL DE ARTE", DO CEARÁ
Marcus Viana, seu diretor, é dos que não desanimam — Os cearenses do Rio não poderão ajudar a cura do ator B. de Paiva ?

"Lampião", de Rachel de Queiroz

— Nossa última apresentação foi com "Lampião" de Rachel de Queiroz. Deu muito que falar, antes e depois do espetáculo. Ganhamos até "manchettes" na primeira página dos jornais. Era a primeira peça da nossa grande Rachel e justificava-se todo êsse barulho, todo êsse interesse.

Marcus Viana faz uma pausa.

— Tamanho era o barulho que no interior do Estado, uma senhora escreveu a um amigo nosso, apavorada: "Por favor, esclareça ue coisa e essa "Lampião vem aí". Será o Virgulino? Mas... e não mataram o bandido?" A direção esteve a cargo de Vicente Marques, coadjuvado por Torcisla Tavares. Tudo gente nova, como os intérpretes também na sua grande maioria, estreantes. Os intérpretes fôra, B. de Paiva, eu, no papel de "Lampião", Pompílio Filho, José Humberto, Tracíso Bezerra, Francisco Ramos, Carlos Alberto, Josino Silveira, Vicente Marques, Evangelista, João Nilton, Emiliano Queiroz, Helder Souza no papel de Maria Bonita, Glicia Sales, que foi incontestàvelmente o maior êxito do espetáculo.

— Quantas vêzes representaram "Lampião"?

— Três vêzes sòmente.
— Muito público?
— Razoável. Pessoal da terra não faz milagre. Quando nos visita qualquer grupo de fora, o teatro se enche. Mas com a prata de casa, a coisa é mais difícil — ajunta sorrindo.

Planos de trabalhos futuros para o "TEA"

— Em Fortaleza não se pode fazer muito planos para o futuro pois as possibilidades são as mais difíceis. Quero continuar — haja o ue ouver — a obra do "TEA". Gostaria de aproveitar os melhores elementos para a formação de um elenco profissional cearense. Mas isso é um sonho. Um dia talvez frutifique...

Correio da Manhã, Rio de Janeiro, 24 de abril de 1954. Fundação Biblioteca Nacional – Brasil.

Em fevereiro de 1954, a primeira montagem de *Lampião* foi realizada em Fortaleza, no estonteante Theatro José de Alencar, em uma montagem do Teatro Experimental de Arte, comandado por Marcus Viana. *Lampião* foi dirigido por Vicente Marques, com Glicia Sales como Maria Bonita e B. de Paiva no papel principal. O *Correio da Manhã* aproveitou a vinda de Viana para o Rio de Janeiro e entrevistou-o. Além de contar a história da senhora que achou que era o próprio Virgulino que estaria em Fortaleza, Viana também comentou sobre o estado de saúde de B. de Paiva, que havia sido atropelado e teve complicações na sua recuperação.

PORTINARI FARÁ OS CENÁRIOS DE "LAMPIÃO"

Comó todos sabem, Portinari sempre recusou produzir para o teatro. Excepcionalmente projetou os cenários de um ballet, há muitos anos, para a companhia de bailados do Coronel De Basil — "Yara".

Agora, porém, atendendo à um convite de Paschoal Carlos Magno, vai projetar e realizar o "decór" para "Lampião", a notável peça de Rachel de Queiroz que tanto êxito vem obtendo na edição da Livraria José Olímpio.

A notícia causou uma certa emoção: Raquel e Portinari tratando de um tema como o do Lampião, era qualquer coisa de sensacional mesmo. Procuramos ouvir Portinari e sua repentina decisão de produzir para o teatro:

— Não, não vou me tornar um cenógrafo — disse-nos rindo. Não sou homem de teatro, você bem sabe. Aceitei o convite do Paschoal para ajudá-lo no seu simpático movimento junto aos moços para renovação do teatro. A peça de Rachel de Queiroz é muito boa e o tema como você sabe, sempre me seduziu. Você sabe como é que é... vamos ver no que dá...

Não há dúvida que dará em algo notável. Está de parabéns a equipe de estudantes do Paschoal: o próprio Paschoal, Raquel de Queiroz, e mais que todos, o teatro nacional. Um grande pintor coloca sua arte internacionalmente consagrada à serviço da cena.

Correio da Manhã, Rio de Janeiro, 4 de outubro de 1953.
Fundação Biblioteca Nacional – Brasil.

Paschoal Carlos Magno, fundador do Teatro Duse, no Rio de Janeiro, foi um dos maiores incentivadores de Rachel de Queiroz dramaturga. Assim que a autora terminou de escrever a peça, o teatrólogo se apossou do texto e quis logo encená-lo, o que a obrigou a editar o livro com certa pressa. À revista *O Cruzeiro*, ela contou que "José Olympio, Daniel [Pereira] e Athos [Pereira, irmãos de José Olympio] compreenderam minha pressa e colocaram o livro na rua em pouco mais de um mês – e pronto." Nesta nota do *Correio da Manhã* é revelado o convite do Teatro Duse a Candido Portinari para ser o cenógrafo de *Lampião*, o que, no fim das contas, não aconteceu por motivo de doença. A cenografia, então, ficou sob comando de Fernando Pamplona.

ESTRÉIA HOJE "LAMPIÃO", NO MUNICIPAL

Será levada pela Cia. Dramática Nacional a peça de Rachel de Queiroz

Estréia hoje, no Teatro Municipal, a peça «Lampião», de Raquel de Queiróz, apresentada pela Companhia Dramática Nacional do S. N. Te., com Celme Silva («Maria Bonita»), Elísio de Albuquerque («Lampião»), Carlos Melo (Ponto Fino), Valdir Maia (Corisco) e todo o seu elenco, sob a direção artística de Bibi Ferreira, com cenários e figurinos de Claudio Moura. «Lampião» será repetida amanhã e domingo, às 21 horas, em vesperal, no domingo, e mais duas récitas extraordinárias, em vesperal e à noite, na têrça-feira, dia 15, como despedida da C. D. N.

A vesperal de «A cidade assassinada», de Antônio Calado, que deveria ter lugar sábado, ficou transferida para segunda-feira, 14, às 17 horas.

Correio da Manhã, Rio de Janeiro, 11 de junho de 1954.
Fundação Biblioteca Nacional – Brasil.

Poucos meses depois da estreia no Teatro Duse, *Lampião* chegou à principal casa de espetáculos do Rio de Janeiro, o Theatro Municipal, em uma montagem dirigida por Bibi Ferreira, com Celme Silva no papel de Maria Bonita e Elísio de Albuquerque como Lampião.

> **"LAMPIÃO", NO MUNICIPAL,
> PELA DRAMÁTICA NACIONAL**
>
> **Mais duas récitas extraordinárias,
> têrça-feira**
>
> Para uma assistência que superlotava o Teatro Municipal, foi apresentada ontem, sexta-feira, em estréia, a peça "Lampião", de Rachel de Queiroz, sob a direção de Bibi Ferreira, pela Companhia Dramática Nacional, do S. N. Te.., tendo como intérpretes principais, Celme Silva (Maria Bonita), Elísio de Albuquerque (Lampião), Carlos Mello (Ponto Fino), e Waldir Maya (Corisco), com cenários e figurinos de Cláudio Moura.
>
> "Lampião", que é a última peça apresentada, nesta temporada da C. D. N., no Municipal, será repetida amanhã, domingo, em vesperal, às 18 horas, e a noite, às 21 horas, e ainda na têrça-feira, dia 15, quando serão dadas mais duas récitas extraordinárias, em vesperal e a noite, como despedida da companhia, que no dia seguinte viajará para Salvador, na Bahia, onde tem estréia marcada para o dia 17.
>
> **"LAMPIÃO", NO DUSE**
>
> A peça de Rachel de Queiroz continua, representada pela equipe do Teatro Duse, a merecer os mais vastos comentários da crítica. Continua muita gente a subir o morro para aplaudir a peça de Rachel de Queiroz no teatrinho de Santa Teresa. Quem ainda não foi, pode encomendar seus ingressos-convites telefonando para 22-1229.
>
> Hoje e amanhã, espetáculos às 24 horas.

Correio da Manhã, Rio de Janeiro, 12 de junho de 1954
Fundação Biblioteca Nacional – Brasil.

Nesta nota do *Correio da Manhã*, é anunciada a ida da companhia de teatro de Bibi Ferreira a Salvador para a encenação de *Lampião*. Na edição do *Correio* do dia anterior, foi destacado o feito inédito de Rachel de Queiroz: sua peça contava com duas montagens concomitantes no Rio de Janeiro, uma no Teatro Duse, e outra no Theatro Municipal. "É a primeira vez que tal coisa acontece no nosso teatro, *Lampião*, de Rachel de Queiroz, que serviu para a abertura do Duse, em Santa Teresa, mais ou menos faz uma semana, será hoje reapresentada pela Companhia Dramática Nacional, sob direção de Bibi Ferreira. Teremos assim, ao mesmo tempo, duas companhias em dois teatros apresentados o mesmo autor."

"Lampião", de Rachel de Queiroz, é a peça que mais fascina atualmente a mocidade do país inteiro. Já a representaram o Teatro Esperimental de Arte, de Fortaleza, o Teatro Duse, no Rio, a Companhia Dramática Nacional, no Municipal, a Companhia Sérgio Cardoso, em São Paulo. Damos acima um aspecto fotográfico do "Lampião", que o Grupo Experimental da Paróquia de Água Fria, no Recife, representou com muito sucesso, durante muitos dias. Cenários, roupas feitas pelos próprios artistas, que foram ensaiados pelo diretor do grupo, Octavio Gadanho. A "Maria Bonita", do Recife, chama-se Adalzira Quaresma. E os demais intérpretes: José Pimentel (Ezequiel); "Mario Lobo (Pai Velho); Manuel Seabara (Sabino); Herodoto Brasileiro (Corisco); Claudio Galvão (Volta Sêca); Ivaldo Dowaley (Moderno); Djalma Silva (Azulão); Artur Oliveira (Antônio Ferreira); Almir Silva (Pernambuco). "Lampião" está sendo no momento ensaiada por diferentes grupos no Norte e no Sul. Gostam do diálogo vivo, natural. Gostam da história nossa, comtipos da terra. E por êsse motivo encenam a peça com o mesmo amor e o mesmo entusiasmo da rapaziada de Água Fria, no Recife.

Correio da Manhã, Rio de Janeiro, 6 de fevereiro de 1955.
Fundação Biblioteca Nacional – Brasil.

Pouco mais de um ano após o lançamento de *Lampião*, a dramaturgia de Rachel de Queiroz já era sucesso absoluto, tal foi noticiado pelo *Correio da Manhã*. Como previsto pela autora, Sérgio Cardoso dirigiu e interpretou o protagonista na montagem realizada em São Paulo, no Teatro Leopoldo Fróes, dessa vez com Araçary de Oliveira no papel de Maria Bonita. Segundo o diretor, tratou-se de uma montagem muito mais voltada para o alto valor do texto do que para o "sensacionalismo tão ultimamente ligado ao tema" – comentário sobre o apelo da violência que o fim trágico do bando de Lampião causava no público. Nesta nota do *Correio da Manhã*, são mencionadas as montagens de *Lampião*, que ganharia uma versão em Recife, com destaque para a primeira delas, realizada em Fortaleza pelo Teatro Experimental de Arte.

A primeira edição deste livro foi impressa nas oficinas da
DISTRIBUIDORA RECORD DE SERVIÇOS DE IMPRENSA S.A.
Rua Argentina, 171, Rio de Janeiro, RJ para a
EDITORA JOSÉ OLYMPIO LTDA. em maio de 2024.

93º aniversário desta Casa de livros, fundada em 29.11.1931